EUGÈNE NOËL

MÉMOIRES D'UN
IMBÉCILE

Bibliothèque Larousse

MÉMOIRES
D'UN IMBÉCILE

MÉMOIRES
D'UN IMBÉCILE

par

EUGÈNE NOËL

Bibliothèque Larousse

13-17, rue Montparnasse — PARIS

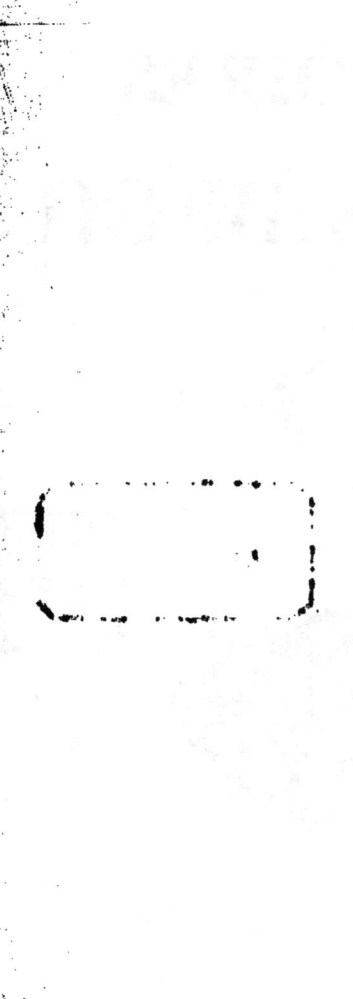

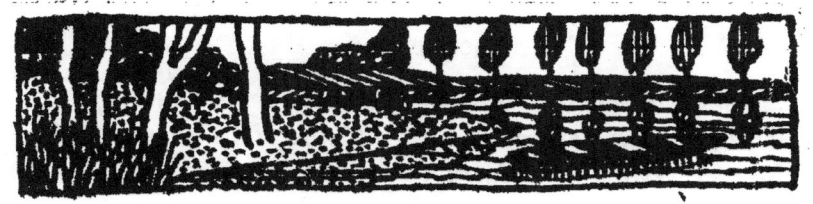

INTRODUCTION

CE livre — pour lequel Émile Littré avait écrit jadis une préface -- montre d'une façon charmante la beauté, la dignité, la douceur de la vie à la campagne.

Dans ce récit que nous conte Noël, la vie tout entière d'un homme se déroule devant nos yeux, et cela est d'un intérêt bien plus grand que si un moment, un détail seuls de cette existence nous étaient révélés. On voit ce personnage créé par le romancier s'ouvrir peu à peu à la vie, arriver à l'heure où les aptitudes doivent se faire jour, où il faut choisir une situation ; et le jeune homme, sans but bien net, s'adonne à l'étude de la médecine, sur les conseils de sa famille.

Mais, son enfance et sa jeunesse se sont écoulées à la campagne, et, au fond de lui, ce souvenir demeure toujours vivant, si vivant qu'il abandonne ses études et revient dans son cher village pour devenir fermier.

Alors Noël nous présente cette vie se passant dans es travaux de tous es jours, dans la tranquillité, dans la simplicité. « Le robuste travail de la terre, ainsi que l'écrivait si justement Littré, est une des meilleures occupations que l'homme puisse avoir. »

Lorsque nous voyons aujourd'hui nos belles campagnes désertées pour les villes et leurs attraits, l'on se prend à redire ces vers du poète latin : « O trop heureux, les cultivateurs s'ils connaissaient leur bonheur ! »

Les paysans, certes, sont astreints à un dur labeur ; et, l'inclémence du ciel, les animaux nuisibles, peuvent compromettre les résultats espérés, mais, malgré tout, la terre paie bien les peines que l'on s'est données pour elle. Et puis, comme l'écrivait Littré : « Les paysans... tous propriétaires... se réjouissent d'une joie intime quand ils voient leurs grains lever heureusement, ou pendre, comme cette année, à leurs ceps plus de grappes qu'il n'y en a eu depuis bien longtemps. Sans doute, le gain, et un gain légitime, est ce qui les touche surtout ; pourtant, il est dans la croissance de ces riches végétaux un charme qui, tout obscur qu'il est, pénètre jusqu'aux moins sensibles natures. Les champs sont tour à tour si verts, si blancs, si rouges, si jaunes ! Même à la fin de vie où je suis (Littré écrivait ces lignes en 1875), et avec quelque philosophie que j'envisage le terme prochain de l'existence, je me prends à regretter de n'avoir pas quelques années de plus devant moi à voir verdoyer mes tilleuls et rougir mes pêchers. »

Et l'homme de Noël, s'adonnant de tout son cœur à la culture de ses champs, a atteint la vraie sagesse, et vit dans le bonheur, entouré de tous les siens. Quel plus beau tableau que celui où l'auteur nous montre la famille paysanne, unie par les liens les plus forts, dans une intime satisfaction et une parfaite quiétude !

Notre personnage parvient tout doucement à la mort, et il la voit approcher sans appréhension, car, ainsi que Littré l'écrivait encore : « L'homme qui remplit la Nouvelle de Noël laisse, après une vie longue et utilement occupée, des champs bien cultivés et capables de payer largement

*la peine et l'industrie du travailleur. Dans cette satisfac-
tion, il s'endort du dernier sommeil. Ce n'est pas, en effet,
un vain sentiment qui nous touche quand nous avons la
conscience de laisser après nous quelque chose qui porte
notre marque, et que, placés de ce côté-ci du tombeau, nous
considérons ce qui, de l'autre, prolongera, un peu plus, un
peu moins, la durée de notre activité... »*

*Il serait à désirer que bien des hommes aient une vie sem-
blable à celle du personnage de l'histoire de Noël. Il se
trouverait — nous pouvons l'affirmer — plus de bonheur
et plus de richesses sur la terre*

Les Éditeurs.

MÉMOIRES
D'UN IMBÉCILE

PREMIÈRE PARTIE

I

ORIGINE DE MON IMBÉCILLITÉ

Je n'ai pas introduit la bêtise dans ma famille, elle y était avant moi. Quelques-uns de mes ascendants lui ont dû une sorte de célébrité, mais je n'ai pas eu personnellement le spectacle de cette bêtise. Mon père et ma mère étaient, au contraire, gens d'intelligence et de grande droiture. Mon père eut même un esprit très pénétrant, très fin, très vif, et j'ai regretté souvent de ne pas lui ressembler de ce côté-là. Je dis *de ce côté-là*, parce qu'après tout, j'ai bien hérité quelque petite chose de lui. Par exemple, mon père était un homme de très belle humeur, et, comme cette disposition ne vient pas toute entière de l'esprit, ainsi que j'en peux juger par moi-même, j'ai eu aussi ma part de gaîté.

Je vous dirai tout à l'heure mes gaîtés d'enfance ; mais je dois auparavant vous parler de mon grand-père, ce qui, du reste, ne sera pas long. Je n'ai à vous en dire qu'un mot : le pauvre homme était bête à tel point, qu'au pays c'en était proverbial.

Ce célèbre bonhomme mourut avant ma naissance : je ne l'ai donc pas connu ; mais il existe de lui un portrait que tout le monde s'accorde à trouver ressemblant.

Et ce portrait, c'est votre serviteur.

II

EN QUELLE COMPAGNIE JE VINS AU MONDE

On a toujours eu, dans notre famille, des ribambelles d'enfants : ma mère en avait eu dix-sept avant moi, et pourtant je ne fus pas le dernier.

Si j'étais devenu un personnage marquant, les biographes n'eussent failli à dire qu'on put prévoir, dès ma naissance, que je ferais mon chemin dans le monde, puisque j'y avais fait mon entrée en voiture. Je naquis, en effet, dans une voiture, ou plutôt dans une charrette, sur de la paille, entre un mouton et un veau. Voici dans quelles circonstances :

A vingt kilomètres de la ville où mon père exerçait son industrie, ma mère possédait une jolie ferme, de contenance moyenne, mais de très bon rapport. Cette ferme, depuis plus de cent ans, avait de père en fils son fermier, appelé Lagorgote. Les Lagorgote faisaient partie du domaine, comme les bâtiments et les arbres ; ils y avaient même leurs racines bien autrement profondes et tenaces.

Ma mère, à qui mon père avait laissé la gérance de ce petit patrimoine, s'y était transportée pour affaires urgentes. Elle en revenait tranquille dans la voiture du fermier, lorsqu'un soubresaut un peu vif détermina inopinément mon apparition.

— *Quel ouvrage !* s'écria Lagorgote.

Mais ma mère, sans se troubler, le pria de continuer sa route. Lagorgote n'en resta pas moins effaré et tremblant. Son premier mot, chez nous, en apercevant mon père, fut encore :

--- *Quel ouvrage !*

Si bien qu'en souvenir de cette aventure, mon père m'appela *Quel ouvrage !*

Ce nom me fut conservé jusqu'à l'âge de huit ou neuf ans ; mais, vers ce temps-là, sans doute, il devint évident qu'il n'y avait pas tant à s'extasier sur mon compte, et l'on cessa de m'appeler ainsi.

J'ai dit que, dans la voiture du fermier Lagorgote, il y avait, au moment de ma naissance, un mouton et un veau. Les pauvres bêtes poussèrent un petit beuglement, un petit bêlement sympathiques, et, pleines d'attention, se serrèrent l'une contre l'autre, pour laisser plus de place à ma mère et à moi.

Ma mère m'a conté cela cent fois, et le ton d'amitié qu'elle y mettait pour ces complaisants témoins de ma naissance ne manqua pas de me faire prendre en grande affection les veaux, moutons et paysans... A cette heure même, après tant d'années, je ne puis voir sans plaisir une charrette rustique transporter du bétail.

III

Mes frères et mes sœurs n'avaient pas tous vécu, mais il en restait de quoi composer encore une rare famille ; déjà deux de mes sœurs étaient mariées et mères lorsque je naquis, et j'eus des neveux plus âgés que moi. L'un de mes plus lointains souvenirs est celui d'une bataille où je fus par ces neveux, mes aînés de quelques mois, houspillé de la belle manière. Mais j'avais de grands torts, à ce qu'il paraît ; je leur avais fait des grimaces parce qu'ils m'appelaient : «Mon oncle ! » qualification dont j'étais effrayé, car j'avais déjà cette infirmité cérébrale de ne pouvoir me sentir affublé d'aucun titre. Et cette infirmité m'a fait beaucoup de tort dans ma vie.

Outre mes sœurs déjà mariées, il y avait un frère à l'École Polytechnique, un autre à l'École de Droit ; d'autres étaient au collège en qualité d'externes, et les plus jeunes restaient à la maison. Tous ou presque tous ont su jouer un rôle en ce monde : l'administration, les sciences, les arts, la politique, l'industrie, le commerce, leur ont permis à tous de se faire « une position ». Notre nom a dû même à l'un d'eux de devenir très retentissant. Comment se fait-il que, seul de la famille, je sois resté obscur, obscur à tel point que, pendant des années, j'ai vu plusieurs de mes frères ne pas même se souvenir de moi ? Je ne m'en suis pris de ce fait qu'à mon incapacité native de supporter la vie dispendieuse et bruyante.

Ce ne furent pas eux qui s'éloignèrent de moi, c'est moi qui m'éloignai d'eux. Ils recherchaient l'éclat, le bruit, l'activité fiévreuse ; Paris les attirait ; tous ou presque tous s'y sont fixés, tandis que, pour moi, c'était trop déjà que la ville de province où nous étions nés. Mon attraction était ailleurs ; je ne pensais qu'à retourner parmi les bestiaux, et, si quelque fée, comme aux anciens contes, fût apparue, me donnant le choix de conduire ou le char de l'État ou la carriole à veaux du père Lagorgote, j'eusse opté sans hésitation pour la chère carriole.

IV

Malgré ces goûts champêtres, je fus mis, comme tous mes frères, au collège ; je m'y ennuyai beaucoup et n'y appris pas grand'chose. Il est vrai qu'on n'exigeait pas beaucoup de moi, parce que de bonne heure mon incapacité avait frappé tout le monde. On ne me trouvait ni méchant ni vicieux ; j'étais seulement un pauvre écolier « sans moyens ».

Mais c'est ici que j'ai à faire un aveu qui va vous surprendre : s'il eût été en mon pouvoir d'acquérir sans effort, sans travail, sans ennui, les « moyens » de mes frères et de mes camarades, je n'y eusse pas consenti ; si quelqu'un, pendant mon sommeil, me les avait inculqués, j'eusse tout fait au réveil pour m'en débarrasser. Je me trouvais heureux dans mon état, heureux d'être « sans moyens ». Je soignais ma bêtise, je la cultivais, la nourrissais avec un plaisir, d'autant plus vif et d'autant plus profond qu'il était secret.

La maison que nous habitions était située à l'entrée de la ville, sur le bord de la route. Aux jours de marché, le matin, dès l'aube, passaient sous les fenêtres de ma petite chambre les voitures des paysans. A genoux sur mon lit, je les contemplais avec félicité. Tout le reste du jour, on pouvait me croire, et j'étais, en réalité, assis tranquillement sur les bancs du collège ; mais, en imagination, j'étais à gambader et courir chez le père Lagorgote.

Bien que je fusse le seul de ses enfants sur lequel mon père ne fondât que peu d'espérance, je ne reçus jamais de lui aucun reproche.

On approchait des vacances, et j'étais au milieu de ma douzième année, lorsqu'un de mes frères, au collège, obtint le prix d'honneur. Ce fut dans la famille une inexprimable joie ; pour fêter le triomphateur, il fut convenu que l'on irait, toute la maisonnée, passer huit jours à Paris. Mais mon père vit très bien que, pour moi, ce voyage était loin d'être le plus doux rêve.

— Il faut pourtant, me dit-il, que tout le monde ait son contentement ; qu'est-ce qui te ferait plaisir ?

Je répondis que ce serait de passer les vacances chez le papa Lagorgote.

Cette faveur me fut accordée. Deux jours après, je quittais donc la ville et j'arrivais à la ferme éperdu de bonheur.

V

MA JOIE CHEZ LE FERMIER

Ah ! que l'on était bien, qu'on respirait bien, que l'on vivait bien aux champs, sous les vieux arbres, au bord de la rivière, dans les blés et les bois ! et comme c'était gai, beau, vivant, vivifiant partout ! tous les sens à la fois tenus en éveil par les sons, les parfums, la vue !

Mais l'impression profonde, l'impression d'adoration et de respect me vint moins encore des choses que des gens.

Lorsque tous les matins, au chant du coq, au lever du soleil, je voyais papa Lagorgote donner à tous ses ordres, surveiller, diriger, activer la moisson ; lorsque je voyais les *faucheux*, sur un signe de sa main, enlever à la terre ses grains, ses fourrages, qu'on portait ensuite à la grange ; quand, avec ça, je voyais au parc, à l'étable, aux écuries, aux porcheries, aux basses-cours, toutes ces bêtes qui lui donnaient leur laine, leur lait, leurs œufs, leur chair, le père Lagorgote devenait à mes yeux comme le maître du monde.

Un jour que je le vis ensemencer un champ, lançant son grain devant lui avec un geste plein d'ampleur et de majesté, je fus saisi d'une telle émotion, qu'il m'en est resté pour lui toute ma vie un respect que je n'eusse

2

éprouvé (qu'on me le pardonne) pour aucun habitant des villes.

Le cher homme était, du reste, on ne peut plus digne d'estime : honnête et loyal en toutes choses, il avait, avec cela, une sérénité, un calme, une justesse d'esprit, qu'on peut retrouver chez d'autres paysans, mais qu'à la ville il me semble n'avoir remarqués au même degré chez personne.

J'avais entendu dire cent fois que les gens de la campagne étaient ignorants ; mais un tel reproche ne pouvait évidemment s'appliquer au père Lagorgote : il savait labourer, façonner, ensemencer la terre ; il savait recueillir les engrais, élever, soigner les bestiaux ; il savait tailler, greffer, écussonner les arbres ; je m'apercevais même qu'aux cas ordinaires il était un excellent légiste.

Je trouvais aussi que, tout en parlant mal ou plutôt tout en parlant bien la langue du village, il était amusant et instructif à entendre : original, plein de verve et de gaîté, il tenait des propos qu'on eût écoutés interminablement.

J'avais été pris par lui en grande affection, d'abord parce qu'il m'avait vu naître, ensuite parce qu'il me vit entrer dans ses goûts. Je n'étais peut-être pas apte à faire un avocat, un médecin, un homme de banque, un industriel ni un commerçant ; mais il n'y aurait pas à cela grand mal, disait-il à mon père, si je devenais un bon agriculteur.

Qu'on juge si j'étais heureux quand il parlait ainsi !

VI

SOTTISES DE GAMINS EN ATTENDANT MIEUX

Je n'avais été jusque-là qu'un enfant renfermé en lui-même et d'apparence assez triste ; je devins autre à la ferme, c'est-à-dire que j'y devins plus remuant et plus gai. Comme toujours chez les enfants, ma gaîté se manifesta par des espiègleries, — car je n'ai été un saint ni dans mon enfance, ni dans ma virilité.

J'avais pour camarades d'abord les petits Lagorgote, c'est-à-dire Gorgotin, qui avait treize ans, et Gorgotine, sa sœur, qui en avait neuf.

Mais, outre Gorgotin et Gorgotine, il y avait le vacher Désir, un gas de quatorze ans, qui peut-être n'eut jamais son pareil à grimper dans les arbres, dénicher les nids, monter à cheval, tendre des trébuchets, faire des ricochets, pêcher, barboter, nager, construire des radeaux, barrer les ruisseaux, tracer des canaux. Et comme il jouait du galoubet ! quelles leçons en tous ces arts il nous donnait, à Gorgotin, à Gorgotine et à moi !

Ce vacher Désir était le fils d'une pauvre femme du pays, très honnête, et l'enfant lui-même était des mieux doués. Lagorgote et sa femme l'avaient recueilli dès l'âge de cinq ans, l'avaient envoyé à l'école de sept à treize ans, et maintenant on lui confiait la surveillance des vaches et toutes sortes de petits travaux, dont il s'acquittait avec intelligence. Honnête, affectueux, dévoué, de mœurs et d'habitudes irréprochables, il faisait, lui aussi, partie de la famille ; mais c'était, quant au reste, le gamin des gamins.

Après lui venait Gorgotin. Je dis *après lui*, parce que Désir était notre maître à tous, parce que, même à cause de son âge et de sa force, et de son amitié pour nous, il fut vingt fois notre protecteur contre les moqueries, les taquineries et même les coups des galopins du pays.

En voici un exemple :

La maman Lagorgote, un jour de fête, venait de lui faire cadeau d'un bel habillement de petit drap gris. Pour qu'il l'étrennât, nous étions allés, Gorgotin et moi, nous promener avec lui dans le village. Mais ne voilà-t-il pas qu'un malencontreux ramoneur, en son costume de ramoneur, tout noir et plein de suie, s'avisa de se moquer de nous. Le coup de poing que lui lança Désir ne se fit pas attendre... les deux gas s'empoignent, roulent à terre ; nous réussissons pourtant, Gorgotin et moi, à les séparer ; mais dans quel état se trouvaient le pantalon, la veste et le gilet du malheureux Désir ! Gorgotin et moi n'étions pas beaucoup plus propres. Jugez de l'accueil que nous fit, au retour, la maman Lagorgote !

Gorgotine était naturellement plus tranquille que nous ; mais parfois aussi nous l'entraînions dans le tourbillon de nos jeux, et la pauvre petite nous y servait en esclave innocente et soumise. C'était elle toujours que nous chargions de nos commissions les plus saugrenues.

Il y avait aussi dans la maison Mademoiselle Paméla, que Gorgotin, Désir et moi, nous abominions. Nous l'abominions, savez-vous pourquoi ? parce qu'elle s'appelait Paméla, parce qu'elle avait deux grands yeux bêtes, écarquillés, parce qu'elle avait une jambe trop longue et les deux bras trop courts, et parce que Gorgotine était sans cesse occupée d'elle. Aussi prîmes-nous la résolution coupable de jeter à la rivière la douce demoiselle.

Mademoiselle Paméla était une poupée que Gorgotine, toute la journée, soignait, habillait, tripotait, dorlotait comme une véritable personne vivante et très chère. Cette singerie de petite fille m'avait toujours crispé les nerfs, et je fus le véritable instigateur et organisateur du complot. J'en fus même aussi l'exécuteur.

Ayant trouvé Paméla seule, étendue sous un arbre près de la maison, je la glissai prestement sous mon bras, et, deux minutes plus tard, la pauvrette flottait et se balançait poétiquement sur les ondes.

Gorgotine, ne la retrouvant plus, chercha, pleura, se lamenta ; mais on lui fit entendre que, sans doute, Paméla avait été emportée et croquée par le petit chien Lorient, qui déchirait, perdait tout au logis...

L'aventure paraissait oubliée, lorsque Gorgotine, quinze jours plus tard, se promenant au bord de la rivière, aperçut Paméla noyée, en lambeaux, presque pourrie, au fond de l'eau. Elle appelait Désir pour la repêcher ; mais Désir n'était pas là, et c'est moi qui fus le sauveteur. Et quel sauveteur ! Je me servis d'une fourche à fumier pour repêcher l'aimable naufragée, mais je lui fourrai l'instrument en pleine poitrine, et la malheureuse, au sortir de l'eau, n'avait plus forme humaine.

Pour consoler Gorgotine, nous proposâmes de faire à la poupée un bel enterrement. L'offre fut acceptée. Vous dire les folies que nous imaginâmes pour cet enterrement ne serait pas possible. Il fallait un corbillard digne de la défunte : deux citrouilles en fournirent les matériaux. L'une de ces citrouilles, creusée et taillée artistement, forma le corps de la voiture funèbre ; avec la peau de l'autre on fit les roues et tous les accessoires. Paméla y fut déposée sur un lit de roses, et, doucement traînée par Lorient, qu'on avait à cet effet richement harnaché, elle fut conduite au dernier gîte avec chants et procession. Et quels chants ! Désir, en tête du cortège, jouait mélancoliquement de son galoubet ; Gorgotine, moitié pleurant, moitié riant, prenait part à la solennité. Mais quels ne furent pas son étonnement et sa colère, lorsqu'à l'endroit où nous avions déposé si solennellement la chère poupée, elle vit, le lendemain, se dresser une croix sur laquelle on lisait :

> Sous cette croix gît Paméla.
> Personne pleine d'innocence.
> Quelle chance de la voir là !
> Quelle chance !

VII

Lagorgote avait été tout près de se fâcher ; mais, en présence du quatrain qui précède, il rit et se calma ; tant il est vrai que, même au village, on est sensible aux beaux vers.

Les vacances malheureusement approchaient de leur terme, et je dus, un matin, remonter avec Lagorgote dans sa voiture à veaux, pour retourner à la ville.

J'eusse été inconsolable de quitter la ferme sans le désir très vif que j'avais de revoir ma mère, mon père et mes sœurs. Quant à Messieurs mes frères, j'avais hâte de les entendre parler de leur voyage, espérant bien aussi leur parler du mien, et persuadé que, dans mes récits, j'aurais sur eux l'avantage ; car il ne me venait pas en tête qu'ils eussent pu rien voir à Paris de plus beau que la ferme de Lagorgote.

Mais, sur ce point, mon imbécillité ne tarda pas de m'être révélée.

Mes frères étaient revenus de Paris avec tant d'aplomb, avec un tel air de suffisance ; ils avaient d'ailleurs des manières si polies, tandis que moi, j'étais devenu si rustique, si simple et si benêt, que j'en fus décontenancé.

Ils parlaient, parlaient avec d'interminables éloges des palais, des jardins, des monuments, des rues ; mais l'enthousiasme était à son comble quand ils en venaient au chapitre théâtres. Ils m'en racontaient les merveilles, m'en décrivaient les décors (paysages, campagnes et forêts magnifiques). Il est vrai que ce qu'ils avaient vu en imitation et en peinture, moi, je l'avais vu dans la réalité ; mais, pour rien au monde, je n'eusse osé en faire la réflexion tout haut. Mes sœurs me vantaient, pleines d'émotion, les concerts qu'elles avaient entendus. Comment leur dire, ô mon Dieu ! que j'avais appris d'un vacher à jouer du galoubet ? C'eût été me couvrir d'un ridicule éternel.

Un autre trait me condamna tout à fait au silence :

Mes frères avaient fait la connaissance du fils d'un député influent, et qui peut-être, disaient-ils, allait devenir ministre. Ce fils de député était un garçon de quinze ans, dont on parlait avec un tel enthousiasme, que je n'osai souffler mot de Gorgotin ni de Gorgotine, et bien moins encore du pauvre Désir, mon maître de musique.

Je voyais bien, d'ailleurs, que tout le monde me trouvait, sans le dire, plus niais encore que par le passé, et vraiment j'étais en cela de l'avis de tout le monde ; mais je l'ai déjà dit, le sentiment de cette infériorité ne m'attristait pas. Je me trouvais bien d'être ainsi.

Je repris ma vie silencieuse au collège. Le monotone établissement ne me paraissait d'ailleurs ni plus ni moins triste que les années précédentes. Ma plus vive préoccupation était de savoir si je pourrais passer à la ferme les autres vacances. J'en eusse acheté la permission au prix des plus grands sacrifices ; aussi faisais-je de mon mieux pour contenter mon père. Ma conduite fut bonne ; mais je continuai d'être dans les derniers aux compositions, tant ma cervelle était réfractaire à toutes les leçons. J'eus pourtant d'assez bonnes places en arithmétique.

Désir, qui calculait très bien, m'avait donné du goût pour ce genre d'étude, et je tenais à ne lui être inférieur en rien ; je m'étais promis, si je retournais à la ferme, d'en revenir son égal, même en l'art de jouer du galoubet.

VIII

LE JEUNE ARTHUR

Les écoliers ont une manière à eux de diviser l'année, basée sur ces deux dates solennelles : grandes vacances et vacances de Pâques.

Les vacances de Pâques amenèrent pour nous, cette année-là, un événement d'importance. J'ai parlé du jeune Parisien dont mes frères avaient fait la connaissance. Eh bien ! il nous fut annoncé que M. Arthur (c'était son nom) viendrait passer sa semaine de congé chez nous.

Recevoir un Parisien, c'était en province une chose rare alors, car on voyageait peu, et l'invention des chemins de fer n'était pas même encore au rang des choses rêvées ; qui l'eût annoncée eût passé pour un fou.

Je me rappelle les rires, les exclamations d'incrédulité qui accueillirent, quelques années plus tard, la nouvelle que quelqu'un avait eu la pensée de faire traîner par une machine à vapeur des voitures placées sur des rails en fer ou en bois. Les gens d'esprit furent unanimes à déclarer impossible une telle entreprise. Je n'étais qu'un enfant « sans moyens », mais j'eus un tel désir que l'invention fût possible, qu'en vérité, je me la figurai telle.

Mais revenons à notre jeune Arthur, pour lequel, huit jours à l'avance, on faisait des préparatifs ; car ma mère et mes sœurs se faisaient une affaire de cette réception d'un bambin de quinze ans. Il est vrai que ce bambin était fils d'un orateur politique très en vue. D'ailleurs, je l'ai dit, on ne voyait pas en province des Parisiens tous les jours, et n'en recevait pas chez soi qui voulait.

Le jeune Arthur nous arriva donc un soir par la diligence.

Aux éloges incessants que l'on faisait de lui, je m'étais figuré un superbe gaillard, brillant et vigoureux ; mais voilà que M. Arthur était un petit être pâle, fluet, fragile, myope, ne voyant à dix pas... Sa figure eût pu être agréable, mais l'habitude du lorgnon l'avait rendue grimaçante.

Quant à de l'esprit, il en avait ; mais il en eût eu davantage si son babil, quoique amusant, n'eût été un babil d'emprunt. Il est vrai que, même à travers tout cela, on sentait le bon garçon. Plusieurs choses en lui cependant me blessaient : l'absence de laisser-aller, de spontanéité, de candeur. Je ne dis rien de mon appréciation à personne, mais je plaçai dans mon estime l'ami de mes frères bien au-dessous de mes amis à moi : Désir et Gorgotin.

Je fus mis cependant à une rude épreuve. Athur jouait de la clarinette, et même il en jouait avec talent, avec goût, comme quelqu'un qui a reçu d'excellentes leçons ; mais, sans entamer là-dessus aucune discussion avec personne, je continuai à ne trouver, pour moi, rien de comparable au galoubet de mon ami Désir : tant sont indestructibles les impressions premières ! En voulez-vous la preuve ? J'ai la certitude aujourd'hui que le galoubet n'est qu'un pauvre instrument, j'ai la certitude que Désir n'était et n'est encore (qu'il me le pardonne !) qu'un pauvre musicien ; eh bien ! même en sachant cela, rien n'est capable de me remuer le cœur comme d'entendre au loin, le soir, dans la vallée, résonner le cher instrument. Dans le plus sombre exil, un air de galoubet m'eût rendu la patrie ; la clarinette, jamais.

Disons, pour terminer ce chapitre, qu'on promena partout le jeune Parisien ; qu'il vit, avec mes frères, les curiosités de la ville, mais que rien ne semblait l'intéresser beaucoup, parce que rien, à ses yeux, n'était comparable à Paris, parce que, volontiers, il eût trouvé le ciel moins brillant en province qu'au Palais-Royal.

Il avait une grande politesse, mais cette politesse était froide et me tint à distance ; il en fut tout autrement de mes frères, qui prirent pour lui beaucoup d'amitié.

Sa visite n'en eut pas moins sur mon esprit une influence décisive ; elle fut cause que, de plus en plus, je m'attachai à la campagne, à la ferme, aux amis que j'y avais laissés, et que j'espérais tant y revoir aux grandes vacances.

IX

UNE LEÇON BIEN COMPRISE

Mais les grandes vacances arrivèrent, et je ne revis pas mes amis, je ne revis pas la ferme, et voici quelle en fut la cause malheureuse.

La distribution des prix allait avoir lieu, lorsqu'un de mes frères, qui venait d'achever sa rhétorique, tomba malade et mourut en quelques jours.

Je n'insisterai pas, lecteur, sur cet événement : vous avez eu vos peines, il est inutile d'y en ajouter d'autres. Je dois vous dire pourtant que celui de mes frères qui venait de mourir était un des bons élèves de sa classe ; il obtint, en effet, à la distribution des prix, les principales nominations ; mais ce triomphe ne devait être, à dix-sept ans, qu'un triomphe posthume.

La mort inopinée de ce garçon plein de vie, intelligent et laborieux, jeta mon père dans un accablement silencieux qui me surprit et m'émut, plus même que ne le firent les larmes de ma mère.

A quel point nous avons été chers à nos parents, nous ne l'apprenons qu'en ayant, à notre tour, des enfants. Cependant je commençai de comprendre jusqu'où allait pour les siens l'affection de mon père. D'ailleurs, j'avais moi-même, et nous avions tous du chagrin de la mort de ce frère... Je sus ainsi combien sont profonds les attachements de famille. J'avais fermé l'oreille, dans mon enfance, à bien des leçons, mais celle-ci fut entendue et comprise.

Ma mère, deux ou trois jours après la catastrophe, nous recommanda de ne faire aucun projet de sortie pour les vacances qui allaient commencer, parce qu'elle tenait, nous dit-elle, à nous voir chaque jour réunis autour de notre père.

X

UNE BONNE VISITE

J'eus pourtant, dans ces tristes vacances, un jour de grande joie. Lagorgote, un matin, arriva chez mon père. J'appris par lui que tout allait bien à la ferme ; je le questionnai sur les gens, sur les bêtes ; mais, lorsqu'il partit, combien j'eus le cœur gros de ne le pouvoir suivre ! Je le chargeai de compliments pour toute la famille ; je l'accompagnai jusqu'à son auberge, où je le vis monter dans la chère carriole. J'embrassai Coco, le petit cheval bai sur lequel j'avais pris, avec Désir, mes premières leçons d'équitation, et tout bas je lui recommandai, au doux animal, de saluer pour moi bien amicalement la Noire et la Barrée, mes vaches favorites.

Cette entrevue avec le fermier eut pour moi le meilleur résultat ; je repris mes rêves de campagne et retrouvai quelque plaisir à vivre.

Mon père, de son côté, s'était remis au travail, et nous vîmes enfin un peu de gaîté reparaître sur son visage.

L'INDUSTRIE PATERNELLE

Ai-je dit quelle était la profession de mon père ? Je ne le crois pas ; il est utile pourtant que vous le sachiez.

Fils d'un serrurier de campagne et serrurier lui-même, il était venu s'établir dans la ville où nous habitions ; c'est là, d'ailleurs, qu'il avait terminé son apprentissage ; car, s'il s'en fût tenu à son bonhomme de père, jamais il n'eut su le métier, parce que le grand-père lui-même, assez entendu aux serrures, n'eût pas été capable de construire un tourne-broche. Ce vieux grand-père ignorant était celui dont j'ai parlé, avec lequel, paraît-il, j'ai tant de ressemblance.

Mon père devint, au contraire, fort habile et succéda plus tard à son patron, dont il épousa la fille unique.

C'était le temps où commencèrent à paraître les mécaniques à filer. Mon père, appelé à réparer quelques-unes de ces machines, ne tarda pas d'en saisir la construction ; il y apporta même quelques perfectionnements, se mit à en fabriquer lui-même et peu à peu se vit à la tête d'un grand atelier.

Du reste, le travail était pour lui un bonheur ; il y retrouvait la sérénité, l'enjouement. C'était plaisir de le voir à ses machines, qu'il travaillait à monter pièce à pièce de ses propres mains.

Et puis il aimait le fer. Le bruit du fer, l'odeur du fer le charmaient. Il nous avait construit en fer tout un mobilier de sa façon. Il sut, à toutes choses, appliquer la serrurerie et la quincaillerie. Et, dans tout cela, que d'objets ingénieux ! que de recherches ! que d'invention ! et quelle joie à chaque difficulté vaincue ! Ai-je besoin de dire qu'il adorait sa profession ? Travailler le fer était, à ses yeux, le premier des arts, le fer étant, disait-il, la base de tout, puisque l'agriculture même, sans lui, ne serait pas possible.

Eh bien ! comment cela s'est-il fait ? Je ne le saurais dire ; mais pas un de ses fils ne continua cette profession, pas un même ne parut y songer. Mes frères avaient tous la cervelle à Paris, et moi je l'avais aux champs. Je dois ajouter encore ce détail : mon père, en sa qualité de mécanicien, aimait à s'occuper même de la mécanique céleste, et nous reçûmes tous de lui nos premières leçons d'astronomie. Il nous avait construit une fort jolie machine, à l'aide de laquelle il nous expliquait le système planétaire. J'avais quelque aptitude, je l'ai dit, pour les mathématiques et la géométrie. Ces notions d'astronomie furent donc pour moi un très bon complément et comme une suite naturelle à la seule étude qui, jusque-là, m'eût été possible.

XII

TOUT VA MIEUX

L'année suivante fut la meilleure que j'aie eue au collège. On commença de nous y enseigner quelques éléments de physique, et je pris goût à cet enseignement, à tel point qu'à la fin de l'année, j'obtins un second prix.

Si, de ce côté, je m'intéressai davantage à l'étude, je fus aussi moins sauvage avec mes camarades. Je pris part à leurs jeux, comme je ne l'avais pas encore fait, et fus bientôt parmi les plus forts aux barres, à la balle, à la sauterelle ; cependant je causais toujours peu, parce que, sur trop de choses, nous n'aurions pu nous entendre : ils avaient dans la tête des idées, des théories, des systèmes, et je n'y avais, moi, que bestiaux et paysans.

Je tâchais de cacher, sur ce point, mon infériorité.

Mais, aux barres, à la balle, à la sauterelle, au cheval fondu, au père Larillon, je reprenais avantage, ça me suffisait.

A la fin de l'année, le prix de physique fit grand plaisir à mon père, et cela me valut (jugez de ma joie !) d'être envoyé pour toutes les vacances à la ferme.

XIII

Je la revis, cette ferme bien-aimée ! En deux ans, tout y avait changé, tout s'y était embelli : les arbres avaient plus d'ampleur, les bosquets plus d'ombrages. Et puis, ô prodige ! ô surprise ! les génisses étaient maintenant vaches, et les poulains chevaux.

Désir était devenu presque un homme : il commençait à faucher, et même, quelquefois déjà, il avait conduit la charrue.

Gorgotin et Gorgotine avaient aussi beaucoup grandi ; mais ne voilà-t-il pas que le malheureux Gorgotin s'était mis en tête de devenir un homme de plume ! Lagorgote avait longtemps résisté à ce projet ; mais, frappé de son idée, le pauvre garçon se montrait tellement impropre aux travaux des champs, qu'il fallut le placer, en qualité de petit clerc, chez l'huissier du village. Désir avait essayé, lui aussi, de le détourner de son projet, mais sans y réussir.

Gorgotin n'apparaissait donc plus à la ferme que le matin, le soir et les jours de fête.

Gorgotine, qui avait maintenant onze ans, aidait sa mère au ménage et ne gaminait plus avec les garçons ; je vis aussi, avec un malin plaisir, que mademoiselle Paméla n'avait point été remplacée, et que notre petite

algarade d'il y a deux ans avait décidément mis fin au
règne de la poupée.

Il ne me restait donc plus à la ferme d'autre compagnon
quotidien que Désir ; mais, pendant deux mois, je ne le
quittai pas, prenant part à tous ses travaux : aux champs,
à la grange, aux écuries, aux bergeries, et, ma foi ! ne
m'en tirant pas trop mal. A la fin des vacances, j'eusse pu
faire un bon valet de ferme, et croyez que j'étais fier de
ma capacité. Ce baccalauréat rustique, à mon avis, vaut
bien l'autre, et même, en ce temps-là, je vous l'eusse belle-
ment déclaré préférable. Je devais être, pour beaucoup
de gens, un objet d'étonnement et de pitié ; mais j'avais
là-dessus une philosophie rare : je n'y pensais pas. J'allais
droit devant moi, guidé par mon instinct et mes goûts ;
ou plutôt, je n'allais pas, je restais, je m'attachais de cœur
aux lieux où je trouvais ma vie, prenant racine, moi aussi,
sur le domaine des Lagorgote.

XIV

UN VOYAGE D'EXPLORATION LOINTAINE

Cependant, Désir et moi, un soir, après avoir, à notre cœur content, joué du galoubet, nous fûmes atteints de la fantaisie, non pas de nous enraciner, mais de prendre vol et de faire ensemble un voyage. Nous n'avions jamais vu la mer, la ferme n'en était pourtant éloignée que de vingt-six kilomètres (on disait en ce temps-là six lieues et demie). Nous résolûmes de nous y transporter à pied, un dimanche, et d'y emmener avec nous Gorgotin ; mais Lagorgote, informé de notre projet, nous conseilla de prendre la carriole.

— En trois petites heures, avec Coco, vous ferez le trajet, nous dit-il ; ça vous permettra de vous promener un peu là-bas, d'y rester plus longtemps et de rentrer plus tôt.

Mais il nous fut enjoint que pas un autre que Désir ne conduirait la carriole, ne soignerait Coco et ne dirigerait l'expédition. Et puis, nous devions être rentrés avant la nuit.

Le lecteur nous voit-il tous les trois en route, assis dans la chère carriole, sur la même planchette : Désir à droite, tenant le fouet et les rênes ; Gorgotin au milieu et moi à sa gauche, seize ans, quinze ans, quatorze ans, libres, gais, radieux comme l'aurore qui nous éclairait ! Nous avions tout préparé dès l'aube, et le soleil n'était pas levé, que déjà nous filions...

On était aux premiers jours de septembre, et le temps s'annonçait admirable. Au froid un peu vif du matin succédait un beau soleil, qui doucement nous échauffait et nous égayait. D'ailleurs, en nous éloignant de la ferme, tout devenait pour nous sujet de surprise, d'admiration, d'interrogations mutuelles. Qu'était-ce que ceci ? Qu'était-ce que cela ? Quels singuliers peuples ! Un peu plus, et je vous le dis, nous nous fussions crus les explorateurs de régions inconnues.

Le petit port de mer, but de notre voyage, nous fit pousser de bien autres exclamations. Nous prîmes pour des Troglodytes, pour des Topinambours, pour des Samoyèdes, pour des races encore plus étranges, les premiers marins que nous aperçûmes. Ils avaient des boucles d'oreilles ! Jamais nous n'avions entendu parler de pareil ornement à des oreilles d'homme ailleurs que chez les sauvages. Nous eussions ri, si les bonnes et loyales figures de ces marins n'avaient tout de suite éveillé notre sympathie.

Si les marins nous avaient étonnés, jugez de l'impression que put nous causer la vue de la mer ! Un poète, un romancier essaieraient de vous la décrire, quant à moi, je m'en garderai bien, ne croyant pas la chose possible, même avec du talent ; que serait-ce donc de moi, qui n'en ai pas, si je m'imposais sottement une telle tâche ?

Nous eûmes le spectacle de la marée montante et d'une mer agitée ; cela n'empêcha pas que Désir, qui nageait très bien, ne voulût se baigner, et, ma foi ! quoique moins bons nageurs que lui, nous nous décidâmes à l'imiter ; nous avions, d'ailleurs, sous les yeux l'exemple d'une vingtaine de baigneurs de même âge que nous, et nous goûtâmes pour la première fois les voluptés de la mer.

Nous avions laissé Coco dans une petite auberge, à l'intérieur de la ville ; nous y allâmes dîner. Jamais aucun de nous n'avait eu pareil appétit. Nous retournâmes au bord de la mer passer une couple d'heures à recueillir des cailloux, des varechs, des coquillages et toutes sortes de curiosités inconnues, entre autres des orties de mer (Méduses), dont nous ne pouvions, à notre grande surprise, déterminer la nature.

Notre voyage fut, au retour, aussi joyeux qu'à l'aller et ne donna lieu à aucune aventure extraordinaire. Mais ce voyage au bord de la mer eut une influence féconde sur notre vie, à Désir et à moi, et voilà pourquoi je vous l'ai raconté.

Souvenez-vous seulement des orties de mer !

XV

ÉCOLAGE MUTUEL

J'avais trois semaines encore à rester à la ferme, j'y continuai gaîment mes apprentissages avec Désir. Mais il arriva une chose à laquelle nous n'avions point pensé : pendant qu'il me formait si bien aux travaux rustiques, moi, de mon côté, sans y prendre garde, je fis dans un autre sens son éducation.

Cela commença un matin, dans la rivière où nous étions à barboter ensemble : à propos de ce fait rappelé par Désir, qu'un caillou au-dessous de l'eau semble moins lourd qu'au-dessus, je lui expliquai que, dans l'eau, tout objet pèse en moins le poids du liquide dont il tient la place.

Un autre jour, pendant un orage, mes explications du tonnerre firent sur son esprit une si forte impression, qu'il continua plusieurs soirs à m'interroger sur le même sujet. Je mis dans mes réponses un tel ordre, une telle clarté, les accompagnant de quelques expériences faciles ; je savais si bien toutes ces choses, qui venaient de me valoir un prix ; j'avais, d'ailleurs, un élève si attentif et si intelligent, que le résultat de ces leçons dépassa ce qu'on eût pu prévoir.

Désir m'avoua plus tard que souvent il avait passé une partie des nuits sans dormir, tant il avait à cœur de comprendre et de retenir des choses si nouvelles pour lui.

Aussi, les vacances finies, lorsque je partis, il me dit :

— Tu es heureux de retourner au collège !

Et moi je répondis :

— Tu es heureux de rester à la ferme !

Peut-être semblera-t-il que nous avions raison tous les deux.

XVI

L'EXAMEN

Il me fallut passer encore deux années au collège, car je devais être reçu bachelier : mon père y tenait ; et j'y parvins en effet, mais je n'y parvins qu'après deux examens manqués. La préparation de ces malheureux examens me causa un cassement de tête qui eût pu me rendre fou, il ne m'en advint, je crois, qu'une recrudescence légère d'incapacité...

Du reste, j'étais, sur plusieurs points, d'une faiblesse désespérante, et je n'eusse été reçu ni au troisième, ni au quatrième examen, si mes bonnes réponses en mathématiques et en physique, et si ma bonne conduite n'eussent rendu pour moi les examinateurs bienveillants. J'eus en littérature, en rhétorique, en philosophie, des réponses restées proverbiales et qui, je crois, à cette heure, sont encore citées comme traits exceptionnels d'imbécillité.

Toutefois, durant ces deux années, j'avais augmenté mon petit avoir scientifique d'une étude qui n'entrait point alors dans le programme du baccalauréat. J'avais commencé d'apprendre la chimie, et pour cela je n'avais eu qu'à suivre un cours public que faisait le dimanche, dans notre ville, un excellent professeur.

Mais j'avais en tête une bien autre étude, dont je parlerai tout à l'heure.

XVII

CONTINUATION DE L'ÉCOLAGE MUTUEL.

Peut-être le lecteur désire-t-il savoir si, dans ces deux années, je retournai à la ferme ? Certainement, et ce qui s'y était commencé aux deux vacances dont j'ai rendu compte se poursuivit aux deux vacances suivantes. Désir continua de m'initier aux travaux agricoles, et moi je lui continuai mon petit enseignement. Je pus même ajouter à mes explications des phénomènes physiques quelques éléments de chimie, et Désir comprit parfaitement, sinon le détail, du moins la portée de ces sciences. Sans doute il eût été incapable de subir un examen, mais il avait retenu de ces leçons ce que retient tout bon esprit pour se donner une idée des lois de l'univers. Je dois même ajouter qu'en garçon entendu, il sut plus tard tirer de ses connaissances plusieurs applications utiles.

J'avais élargi, je l'ai dit, le cercle de mon enseignement à Désir ; lui de même à mon égard. Le goût pour l'histoire naturelle que déjà m'avaient vaguement inspiré les orties de mer me revint plus fort, sous l'influence des leçons de Désir. Il était grand éleveur d'abeilles, en ayant lui-même en sa possession plusieurs ruches, dont il tirait chaque année, en moyenne, pour deux cents francs de miel. Il avait d'ailleurs parfaitement observé les mœurs de ces ingénieux insectes, et me les fit observer à moi-même, ainsi que leurs métamorphoses, depuis l'état d'œuf et de couvain jusqu'à l'état d'insecte parfait.

XVIII

GORGOTIN, GORGOTINE

Mais que devenaient Gorgotin et Gorgotine ?

Gorgotin, qui avait dix-sept ans, était toujours clerc chez son huissier. Il y passait le temps, en partie, à lire des feuilletons, des brochures (la jeunesse ne fumait pas encore) ; il causait politique et théâtre... Enfin, il se préparait à devenir un des beaux esprits du village.

Le pauvre garçon !

Gorgotine s'était tout à coup métamorphosée ; son frère et moi n'étions encore qu'à l'état de larves lorsque, subitement, nous la vîmes se transformer en une jolie abeille.

Avisée, active, toujours gaie, prompte à la réplique, attentive aux soins du ménage, elle nous traitait maintenant comme du couvain. Bien que nous fussions ses aînés, en réalité la grande personne c'était elle, et les enfants c'était nous. Désir même, avec ses dix-huit ans et sa naissante moustache, n'était près d'elle qu'un petit garçon. Volontiers, nous l'eussions appelée maman, tant elle avait je ne sais quoi de maternel en sa gentillesse.

XIX

CHOIX D'UN ÉTAT

Mon père avait laissé à tous ses fils, au sortir du collège, le choix de leur profession. Mon tour était venu de prendre une décision : il s'agissait, bien entendu, d'entrer dans une école. Je réfléchis longuement, sérieusement, et le résultat de mes réflexions aura de quoi vous surprendre.

Je demandai d'entrer à l'Ecole de Médecine. Etait-il possible que, de ma part, on s'attendît à ce choix ?...

Mais, si la famille et les amis furent étonnés de la décision, ils l'eussent été bien plus encore s'ils en avaient pu pénétrer le motif.

Le lecteur a vu que, plus haut, je lui recommandais de ne pas oublier les orties de mer. Eh bien ! ces orties de mer étaient entrées pour beaucoup dans ma détermination. Ces productions étranges, ces êtres ambigus qu'on hésite à classer, qui, participant de tous les règnes, semblent n'appartenir complètement à aucun, ces essais d'organisation, où l'animal, le végétal paraissent confondus à l'état d'ébauche et d'instabilité, étaient restés pour moi, depuis notre voyage à la mer, un objet de préoccupation constante. Avec nos moyens actuels d'investigation, il me semblait d'instinct que leur étude pouvait nous mener loin en philosophie... Désir aussi m'avait interrogé sur ces singuliers êtres, et je n'avais rien tant à cœur que de satisfaire sa curiosité et la mienne. Je formai donc le projet d'étudier les orties de mer et tous ces animaux-plantes, point de départ des deux règnes organiques, persuadé qu'en eux pourrait être éclaircie la question de l'origine et de la transformation des êtres...

Eh bien ! ce problème du point de départ et du développement de la vie organique en sa double manifestation, végétale et animale, je n'en pouvais demander la solution aux mathématiques, ni à l'astronomie, ni à la physique, ni même à la chimie ; je devais, pour cette solution, m'élever à la science qui les résume, les continue et les complète, c'est-à-dire à la science de la vie, ou biologie, si vous tenez aux étymologies grecques:

Mais la science de la vie est composée de l'anatomie, de la physiologie, etc. ; or, ces diverses parties de la science, je ne les pouvais acquérir que dans une Faculté de Médecine. Je n'hésitai donc pas.

Là aussi d'ailleurs, j'apprendrais à mieux connaître et soigner mes chers bestiaux ; les lois de la vie végétale aussi m'y seraient enseignées.

Je me résolus donc à être de nouveau soumis au supplice de l'école et des examens, si antipathiques à ma cervelle rétive, à mon esprit « sans moyens ».

Il est vrai que, dans cette école, je n'allais plus avoir à étudier autre chose que la nature elle-même, et, pour ce genre d'étude, je n'étais pas tout à fait inepte ; en mathématiques, en physique, en chimie, j'avais montré quelque intelligence.

Mon père ne fut pas sans me faire quelques observations sur les difficultés, les longueurs, les ennuis d'une telle entreprise ; mais je persistai. Il fut donc convenu que j'irais à Paris suivre les cours de la Faculté.

XX

SAUVAGERIE

Ne croyez pas que je raconterai ma vie d'étudiant ; cette vie, qui eut, par l'étude, de l'intérêt pour moi, n'en aurait pas pour vous.

En dehors du travail, en dehors des promenades et des réflexions solitaires, j'eus à Paris une existence assez maussade.

Les camarades voulurent trois ou quatre fois m'entraîner dans leur tourbillon, j'y fus d'un triste et d'un bête qui ne les encouragea pas à faire de moi leur compagnon habituel.

J'avais, à Paris, retrouvé Arthur ; je fus présenté chez son père, devenu ministre. Je m'ennuyai à mourir dans cette maison officielle. Mon frère aîné, maintenant ingénieur, avait déjà tiré pas mal d'avantages de cette relation. On eût voulu me voir suivre ce bon exemple, et c'est ce qu'eût fait tout garçon d'esprit à ma place ; mais je n'étais pas un garçon d'esprit. Je dois ajouter encore à ma charge que le ministre, chez lui, était un homme aimable ; que j'avais reçu de son fils, de toute sa famille un parfait accueil. Avec tout cela, je restai comme un niais à l'écart. J'avais peut-être aussi mes ambitions ; mais le ministre ne pouvait rien à leur satisfaction. Je fus poli, aimable, affectueux même ; mais j'évi-

tai les réceptions officielles, les dîners d'apparat. On parut,
du reste, accepter ma sauvagerie ; car c'est un des charmes
de la vie parisienne, que la facilité qu'on y laisse à chacun
de s'arranger à sa guise.

J'avais pris fort à cœur les études physiologiques ;
mais je me permettais de trouver nos professeurs, pour la
plupart, au-dessous de ce qu'ils enseignaient ; quelques-uns paraissaient même n'en comprendre qu'imparfaitement la portée. Je regrettais aussi que la science,
dans ces différents cours, nous fût distribuée à l'état
parcellaire, sans que jamais on nous signalât le lien qui en
relie toutes les parties ; j'aurais voulu que l'enseignement
scientifique nous fût présenté quelque part en son
ensemble, et que de toutes les connaissances acquises on
essayât de nous donner la conclusion, car la science me
paraissait devoir produire aussi sa philosophie.

— Mais l'heure des conclusions philosophiques n'a
peut-être pas sonné, me disais-je, et j'en revenais à l'étude
des détails.

Du reste, je prenais peu de part aux discussions philosophiques de ce temps-là, encore moins me mêlais-je
aux luttes politiques, littéraires, artistiques... J'entendais même, sur tout cela, professer des doctrines qui me
paraissaient incompréhensibles, tant mon esprit était
ncapable d'atteindre à ces élévations.

XXI

MON ÉTABLISSEMENT

Je suivais depuis six ans, à Paris, les cours de l'École de Médecine, non sans de fréquents voyages dans la famille et même à la ferme, lorsque Lagorgote, devenu infirme et se trouvant à fin de bail, proposa à mon père et à ma mère, ne se voyant pas de successeur dans sa famille, de chercher un autre fermier. Le bonhomme parut faire bravement cette proposition, mais au fond il était navré, et mon père et ma mère ne le furent pas moins. Jamais il ne leur était venu à l'esprit que les Lagorgote pussent quitter la ferme ; voilà pourtant que la chose paraissait sur le point de se réaliser, et c'était dans les deux familles une vraie désolation.

Pour moi, j'appris au contraire cette nouvelle avec joie.

J'écrivis à mon père une lettre qui, de nouveau, stupéfia tout le monde, et qui fit naître une longue suite de *si*, de *mais*, de *comment*, de *pourquoi* et de *parce que*, dont je vous fais grâce.

Qu'il vous suffise d'apprendre que, l'année d'ensuite, je succédais à Lagorgote dans la direction de la ferme.

Et savez-vous ce que je faisais encore ? Bachelier ès-lettres, bachelier ès-sciences, sur le point d'être reçu

4

docteur, à vingt-six ans, j'épousais Gorgotine, et j'ajoute, dussiez-vous en sourire, que Gorgotine et moi nous fûmes heureux comme deux imbéciles. Mais que direz-vous si je vous fais l'aveu qu'après quarante ans nous le sommes encore ?

XXII

RÉAPPARITION DE DÉSIR

Quelques semaines après notre mariage, il s'en fit un autre à la ferme : ce fut celui de Désir, et le brave garçon fit bien voir, en cette circonstance, son bon goût et son bon sens.

Il épousa Toinette, la fille au père Lapaille, le plus honnête homme du pays, mais pauvre. Toinette ne possédait rien qu'un petit trousseau fort propret ; tandis que lui, Désir, à force d'ordre, d'économie, de travail, avait amassé seize cents francs. Combien d'autres, à sa place, n'eussent voulu épouser qu'une fille ayant aussi quelque chose ! Mais si Toinette ne possédait rien, quel cœur d'or ! quelle droiture ! quelle belle humeur ! et quels trésors d'éducation !

Écoutez plutôt.

Envoyée à l'école du village, elle y avait appris à lire, à écrire, à compter. Est-ce tout ? Oh ! que non pas. Elle avait reçu les leçons de sa mère, et voici l'inventaire très exact de ses connaissances pratiques : Toinette savait coudre, marquer, tricoter, repriser, ravauder, tapisser, laver, repasser ; elle savait faire le pain, la galette et toutes sortes d'excellentes pâtisseries ; elle préparait à merveille le vin de quinquina, les sirops, tisanes, confitures ; elle savait battre et saler le beurre, faire le fro-

mage, cuisiner et traire les vaches. C'était, de plus, une
habile jardinière. Ajoutez qu'à soigner et panser les
malades (bêtes ou gens), elle était admirable.

En beauté, en bonté, en savoir, je ne lui ai connu d'égale
ou de supérieure que ma chère Gorgotine.

Aussi, Toinette et Gorgotine s'étaient-elles aimées
d'enfance, comme nous avions fait, Désir et moi.

Les deux noces eurent lieu très gaîment ; les habitants
du village y voulurent prendre part ; ils vinrent, le soir,
saluer et chanter « les belles mariées » ; après quoi, Désir
et moi, nous les fîmes danser aux sons du galoubet.

XXIII

UN ÉVÉNEMENT IMPRÉVU

Celui qui avait le plus et le mieux dansé, c'était Lagorgote ; nos deux mariages faisaient de lui le plus heureux des hommes. Il était convenu en effet que, pendant deux ans, il continuerait de diriger la ferme avec nous, et puis on devait lui bâtir, près du nôtre, un petit logement, qu'il habiterait avec la maman Lagorgote.

Tout cela était au mieux car, malgré mes connaissances théoriques, malgré mes aptitudes aux travaux rustiques et malgré l'habitude que j'avais d'y prendre part, je sentais combien les conseils du vieux fermier nous seraient nécessaires.

Bien entendu d'ailleurs que Désir et Toinette restaient avec nous. La colonie était donc au complet. Y avait-il en tout cela des maîtres ? y avait-il des domestiques ? Pour les étrangers, oui, peut-être ; mais pour nous autres, lorsque nous étions entre nous, vraiment non. Désir et Toinette eurent des gages assurés ; mais en outre de ces gages, et sans que cela eût été aucunement stipulé, ils sentirent bien que, de manière ou d'autre, ils auraient une part équitable, ou plutôt une part amicale à la prospérité de la ferme.

Jamais on ne parla moins d'association, et jamais on n'en réalisa une plus solide et plus durable. Nulle entrave de règlement, de prescription écrite, de lettre-morte ; l'amitié réciproque, la loyauté, l'instinct du travail et de la concorde, voilà quelles en furent les bases. Mais je crois qu'entre nous aucun de ces mots ne fut jamais prononcé. Tout semblait aller au gré de nos souhaits. L'année cependant ne s'acheva pas sans une catastrophe.

Nous étions à la veille de rentrer notre première récolte, et cette récolte avait été fort belle, lorsque mon père mourut subitement, frappé d'apoplexie, à l'âge de soixante-huit ans.

Il résulta de cette mort inattendue ce qu'on pourra voir au chapitre suivant.

XXIV

LE MILLION PATERNEL

Mon père avait élevé, instruit, honorablement établi quatorze enfants, mais il ne lui restait à lui-même d'autre fortune que son industrie. Cette industrie, s'il eût vécu, eût pu lui reconstituer un avoir personnel ; mais, toute liquidation faite, il se trouva un déficit d'une cinquantaine de mille francs. Ma mère, sans hésiter un instant, mit en vente la ferme, dont plusieurs acquéreurs offraient quatre-vingt mille francs. Toutes dettes payées, il restait donc à ma mère un revenu de quinze à seize cents francs. Les quatorze enfants, spontanément (ça n'était pas bien difficile), décidèrent que chacun d'eux lui ferait deux cents francs de rente. Mais ma mère ne voulut, quoi qu'on fît, en accepter que cent, ce qui portait son revenu annuel à trois mille francs environ.

— C'est, nous dit-elle, de quoi vivre en princesse.

Dans tous ces arrangements, il n'y eut pas une vilenie commise. Le notaire seul eût pu mériter quelque reproche, mais il fut mis très bon ordre à ses comptes, grâce à Gorgotin, devenu premier clerc de son étude, et que j'avais chargé de surveiller notre liquidation.

Mon père, en mourant, laissait une réputation de probité, de droiture, dont nous sentions parfaitement le prix. Mais quelques personnes se demandaient comment il se pouvait faire qu'il ne fût pas, comme tant d'autres industriels, devenu millionnaire.

Si ces personnes-là avaient été admises à vérifier les registres très bien tenus de la maison paternelle, elles eussent pu constater que le million avait été dépassé.

Elles y eussent trouvé d'abord cinq cent cinquante mille francs placés dans l'instruction et l'établissement des quatorze enfants.

Elles y eussent trouvé pendant trente ans chaque année, au 1er janvier, quinze mille francs de gratification distribués aux ouvriers. Ce deuxième article, non compris les intérêts accumulés, formant un nouveau placement (excellent !) de quatre cent cinquante mille francs.

Mon père avait donc su, lui aussi, tirer de son industrie le million, et plus ; il avait même su lui trouver, à ce million, l'emploi le plus sage, le plus fécond, le plus profitable.

XXV

SUITE DU PRÉCÉDENT

Mais qui avait acheté la ferme ? j'oubliais de le dire :
Ce fut Lagorgote. Le bonhomme, sans en rien dire, même
à sa femme, même à ses enfants, s'en était allé chez le
notaire, au jour de l'adjudication ; et il en revint, la
chose faite, aussi tranquillement que s'il se fût agi de
l'achat d'une paire de moufles.

Nous ignorions tous que Lagorgote eut de quoi faire
une acquisition pareille ; il paya pourtant très bien et
sans emprunt.

Dans le même temps, il put encore acheter à Gorgotin
l'étude d'huissier où celui-ci était premier clerc ; il est
vrai que cette acquisition d'étude se fit moyennant une
rente au prédécesseur.

Voilà donc tout le monde établi et casé ; ma mère
avait pris pension à Paris chez mon frère l'ingénieur ; ce
frère avait épousé la fille d'un manufacturier de notre
ville, que ma mère avait connue dès l'enfance et qu'elle
aimait beaucoup. La femme de mon frère était, d'ailleurs,
une personne douce, honnête et bonne.

Mes autres frères ne furent pas tous aussi bien par-
tagés en femme ; mais ce ne sont pas les Mémoires de mes
frères, ce sont les miens que j'écris.

Je n'ai pas à entrer non plus dans la vie de l'huissier Gorgotin, devenu maître Lagorgote. Vous saurez pourtant que, seul de nous tous, il ne se maria pas. En fut-il plus heureux ? c'est ce qu'on pourra voir dans la suite ; car j'aurai plusieurs fois à revenir sur son compte.

XXVI

L'ATTENTE DU PRINTEMPS

Le lecteur, maintenant, pense-t-il que je lui dirai la série d'événements quotidiens et prévus dont se composa notre existence de cultivateurs ? Labours, fumures, semences, moissons, élevage de bestiaux, voilà ce qui sans cesse reviendrait sous ma plume. Cette série annuelle de travaux agrestes, je ne la dirai pas, bien que notre colonie lui ait dû de s'attacher, de se plaire à la vie des champs et d'y trouver un vrai charme.

Je ne puis pourtant ne pas dire que toujours nous eûmes le sentiment parfait qu'en l'agriculture nous exercions le premier et le plus grand des arts. Aussi, que de gens se sont trompés sur notre compte ! On nous jugeait humbles, et l'on ne voyait pas que sous l'apparente bonhomie se cachaient une grande indépendance et une grande fierté.

Mais reprenons le fil de notre histoire.

Peu de temps après l'acquisition de la ferme par Lagorgote, il y eut dans notre colonie un événement qui mit tout le monde en émoi ; l'annonce nous fut faite qu'au printemps prochain, vers la fin du mois de mai, Gorgotine et Toinette allaient devenir mères.

Ce fut une joie mêlée de tremblement, une émotion indéfinissable...

Mais que ce désiré printemps, que ce beau mois de mai nous paraissaient éloignés ! Hélas ! nous n'étions encore qu'à l'automne !

XXVII

NOTRE COLZA, NOS BLÉS, NOS FOINS ET NOS FLEURS

L'automne, cependant, s'écoula peu à peu ; mais l'hiver fut des plus froids, des plus longs : trois mois de gelée, de neige, de chemins impraticables... jamais le printemps ne parut si tardif. Les colzas, les trèfles rouges, mirent à leur floraison une lenteur sans exemple ; nous accusions de nonchalance la nature entière. Les seigles, les blés n'en finissaient d'éclore. Et néanmoins cela n'empêchait pas qu'à les bien regarder, céréales, trèfles, colza ne promissent une riche moisson, et que les foins et les fruits ne fussent abondants. Au jardin, déjà les roses avaient montré leurs boutons, puis doucement s'étaient épanouies...

Mais quand donc viendraient les chères fleurs que nous attendions ?...

On était aux derniers jours de mai, et le mois, à notre confusion, s'écoula tout entier...

Au premier juin, éveillé dès l'aube, j'étais avant trois heures au milieu de nos foins déjà bons à faucher, lorsque de loin j'aperçus Désir accourant d'une telle vitesse, qu'en deux bonds le voilà dans mes bras : il pleurait, riait, suffoquait... Enfin, j'appris que, depuis cinq minutes, il était père.

— Est-ce un garçon ? m'écriai-je.

— C'est une fille, mais la plus belle qu'on ait vue.

Nous courûmes de tous les côtés : au médecin, aux parents, aux amis. Gorgotine était arrivée la première auprès de Toinette. C'était une joie, des cris, des exclamations, des étonnements : nous étions tous devenus fous, mais de quelle bonne folie ! Puissent les hommes, en de tels moments, ne jamais échapper à cette folie-là !... Le jour où chez une race d'hommes elle s'affaiblirait, cette race serait, peut-être, près de sa fin.

Me voilà faisant fort à l'aise de belles réflexions ; mais je n'en eus guère le temps ce jour-là.

Vers le soir, j'étais aux étables, lorsque de nouveau je vois accourir Désir, plus éperdu encore que la première fois. A peine put-il me dire que Gorgotine me demandait vite. Je sautai de l'étable au logis ; il n'était que temps, car deux minutes plus tard, moi aussi, j'étais père d'une fille plus jolie encore, je crois, et plus fraîche que celle de Désir.

Ces deux petites nous étaient venues le premier juin, à quinze heures d'intervalle. Quelle date heureuse ! et quelle heureuse coïncidence !

Les deux mères allaitaient leurs enfants, tout alla donc très bien ; mais l'émotion des pères avait été telle, qu'ils faillirent l'un et l'autre en être malades.

XXVIII

COMMENT ILS GUÉRIRENT

Heureusement la moisson approchait, et nous eûmes à nous occuper de toute autre chose que de nos émotions. La récolte des foins, très abondants et très beaux cette année-là, nous remit en santé, en gaîté.

Tout allait à souhait : Lagorgote affirmait que deux fois seulement, en toute sa vie, il avait vu pareille abondance de grains, de fourrages, de fruits. Et puis les deux petites semblaient participer à cette abondance.

Aux heures de repos (quoiqu'il y en eût fort peu), Désir et Toinette faisaient notre admiration à Gorgotine et à moi, tant ils étaient heureux et naïfs avec leur fillette ; nous étions précisément avec la nôtre dans le même état de naïveté, mais nous ne nous en apercevions pas.

Nous eûmes ainsi trois mois d'un bonheur sans nuage ; mais, aux premiers jours de septembre, Toinette, qui avait repris trop tôt le travail, qui pendant la moisson s'était fatiguée à l'excès, fut atteinte d'un violent malaise, qui, très vite, se changea en une fièvre pernicieuse.

La petite fille se trouva ainsi privée du sein maternel ; mais Gorgotine ne laissa pas à la chère enfant le temps de s'en apercevoir. Je la vois encore (après quarante ans) allaitant avec joie ses deux nourrissons. Je dis avec joie, et j'ai tort, car nous étions tous attristés et inquiets.

Nous avions dans notre commune le plus piètre des médecins (officier de santé), appelé Balthasar-Pompée Laberlue ; mais j'appelai de la ville un de mes anciens condisciples de la Faculté de Paris, et puis moi-même je n'avais pas tout oublié de mes études médicales. Tant il y a que nous la traitâmes du mieux que nous pûmes, et que finalement elle guérit très bien.

Mais il ne fallut pas moins de deux grands mois pour la remettre en santé.

Gorgotine — quoi de plus naturel ? — avait continué et continua six mois encore d'allaiter les deux petites. Elles allaient donc très bien, et tous à la ferme commençaient à reprendre espoir et gaîté.

XXIX

LE BEAU-FRÈRE.

Mais, pour être complet, je dois dire qu'à nos joies il se mêlait un ennui, parfois même un chagrin. Cet ennui nous venait du beau-frère Gorgotin. L'huissier Gorgotin s'était pourtant fait dans sa bourgade une réputation d'homme d'esprit ; mais tout son mérite, comme celui de tant d'autres, ne s'était jusque-là manifesté qu'en parlage. L'incohérence, l'inconsistance, la légèreté prétentieuse et stérile de ses discours, se retrouvaient dans toute sa conduite. Il ne s'en était pas moins donné à lui-même la tâche de diriger l'opinion publique dans sa localité, et vraiment les plus fortes têtes du canton ne pensaient que par lui. Il s'était fait l'orateur de toutes les circonstances. Cette monomanie (car c'en était une) n'était pas sans lui causer quelque préjudice dans sa profession, bien qu'on le sût honnête homme et très conciliant. La politique contribua donc à diminuer sa clientèle ; mais il s'en consolait par la réputation qu'il s'était acquise dans toute la contrée. Du reste, pas de ménage, pas d'intérieur, la vie d'auberge et de café. Avec cela, grand littérateur, poète même, je l'ai dit, chansonnier et collectionneur de bahuts, de médailles, de tessons ; mais une idée précise, du savoir réel, de l'étude ou de la réflexion, il ne fallait pas lui en demander.

Ses lectures étaient de romans, de journaux ou de

5

poésies ; il avait surtout en grand dédain les sciences, qu'il trouvait de médiocre utilité, sauf, disait-il, en ce qu'elles ont d'applicable à l'industrie ; mais l'industrie, selon lui, ne regardait que les industriels. Sa spécialité à lui, Gorgotin, c'était la politique ; il avait du goût aussi pour la métaphysique, qu'il aimait, disait-il, à approfondir. Mais c'était sur les questions d'organisation sociale qu'il fallait l'entendre.

Lagorgote, son père, et parfois aussi Gorgotine lui faisaient des observations, sinon sur ses idées partagées par tant d'autres gens, du moins sur sa façon de vivre et sur ses relations. Il en avait de déplorables, et même tout près de chez nous. Mais ne fallait-il pas qu'un homme comme lui étudiât ces choses de près et se créât des relations partout ? S'il passait le temps au café, c'était pour y faire des études de mœurs, l'homme d'esprit ne devant être étranger à rien.

De tout cela que résultait-il ? C'est que nous commencions à n'avoir plus autant d'estime pour le malheureux Gorgotin. Le beau-frère, d'ailleurs, ne paraissait plus que rarement à la ferme, lorsqu'un événement considérable vint tout à coup modifier nos sentiments et même nos devoirs à son égard.

Le feu prit au bâtiment que nous habitions, détaché fort heureusement des bâtiments ruraux. C'était le soir, vers onze heures ; nous étions tous profondément endormis ; la fumée, la chaleur nous avaient même en partie asphyxiés. Mais quelqu'un, brusquement, au péril de sa vie, traverse les flammes, entre dans la chambre incendiée, prend dans ses bras Gorgotine et sa fille, m'éveille et, brisant du pied la fenêtre, descend la mère et l'enfant et fait descendre le père ahuri.

Descendre par cette fenêtre brisée n'était rien ; mais

ce qu'il avait fallu d'intrépidité pour braver en entrant
les flammes de l'escalier, nous ne pûmes nous en rendre
compte qu'après.

Qui nous avait ainsi sauvés ?

C'était Gorgotin !

Comment, à cette heure, s'était-il trouvé là ? D'une
maison voisine, que justement nous lui reprochions de
hanter, il avait aperçu le péril...

Nous dûmes la vie à cette circonstance ; mais Gorgotin, le malheureux Gorgotin, n'y trouva qu'un prétexte
à fréquenter plus souvent cette maison fatale. Il lui savait
gré superstitieusement, à cette maison, de l'occasion qu'il
y avait trouvée de nous tirer des flammes, et s'imaginant
ainsi avoir légitimé des relations mauvaises, il continua
d'y gaspiller sa vie.

XXX

L'AN IV

L'an IV de notre établissement avait commencé par un très beau temps, et la récolte, comme les trois précédentes, s'annonçait magnifique ; mais il y eut, aux premiers jours de juillet, des chaleurs orageuses excessives. Le cinq, dans la matinée, on ne respirait plus. Un léger brouillard emplissait la vallée. Vers midi, de gros nuages parurent, marchant dans des directions opposées, lentement d'abord, puis un peu plus vite. Bientôt on entendit les grondements du tonnerre.

Vers deux heures, un craquement formidable ébranla le sol... La foudre, au même moment, tombait en cinq endroits, brisant des arbres, frappant une maison, incendiant une grange. La grêle, aussitôt, se précipitait des nuages comme une cataracte de pierres : grains, fruits, arbres, animaux, rien ne fut épargné. Pour ne parler que de ce qui se passa chez nous, notre berger fut tué dans la plaine avec quatre-vingt-huit moutons. Spectacle de désolation et d'épouvante, impression de fin du monde et de brisement général... Nous crûmes un instant tout au moins à la destruction de notre village. La plupart des maisons eurent leurs toits effondrés. Mais que dire des moissons et des champs ? Tout était haché. Une pluie terrible avait suivi la grêle, et l'on ne voyait plus, partout, qu'un pêle-mêle de paille, de feuilles, de branches, de grains, de terre, de sable, de cailloux ; le sol même, en plusieurs endroits, avait disparu. Un pauvre brave homme, en rentrant le soir, trouvait pour tout héritage une affreuse ravine à l'endroit où le matin il avait laissé sa chaumière et son jardinet.

Quelques moissonneurs dans les champs furent tués comme notre berger.

Vous figurez-vous ces centaines de paysans courant éperdus visiter leurs terres et n'y trouvant plus que la ruine ?... Jamais je n'avais éprouvé un tel serrement de cœur. Les animaux eux-mêmes en restaient muets et stupides.

Des mois se passèrent sans qu'on revît au pays seulement un sourire.

Notre colonie, comme tout le voisinage, eut beaucoup à souffrir de cette catastrophe, et je ne sais si nous eussions pu nous en relever aisément sans Lagorgote, qui, cette année-là, nous fit remise du loyer.

Mais que de misères autour de nous ! et combien de nos voisins furent secourus discrètement par Toinette et Gorgotine !

XXXI

VISITE A MA MÈRE

Qui croirait que, parmi ces tristesses, il y eut chez nous pourtant une grande joie ? Un deuxième enfant nous était venu, et, cette fois, c'était un garçon. La sœur aînée avait déjà deux ans ; du matin au soir avec la sœur de lait, elle courait autour de Toinette et de Gorgotine. Ces petites, avec monsieur leur frère encore au berceau, emplissaient de bruit toute la maison.

Mais ce n'est pas des enfants que je veux ici vous parler. Je fus informé par mon frère l'ingénieur que notre mère, très malade depuis quelques jours, demandait à me voir.

Je partis pour Paris le jour même.

Ma mère, atteinte d'une hypertrophie du cœur, ne me parut pourtant pas en danger immédiat ; mais il était visible qu'elle resterait dans un état de santé fort précaire. La vie de Paris, qui lui plaisait, paraissait l'avoir fatiguée. Je proposais de l'emmener à la ferme ; mais elle avait ses habitudes chez le frère aîné ; elle n'accepta pas mon offre ; néanmoins, elle promit qu'au prochain été elle viendrait passer quelques jours avec Gorgotine et ses enfants.

J'étais à Paris depuis quarante-huit heures, et, comme je l'avais prévu, ma mère était déjà mieux ; elle me retint cependant quelques jours encore.

De mon côté, je n'étais pas fâché de séjourner un peu dans ce Paris, que depuis bientôt six ans je n'avais pas revu.

Mes frères, je l'ai dit, s'y étaient établis presque tous, et l'un d'eux commençait d'y jouer un grand rôle. Les autres, quoique moins en vue, occupaient d'assez hauts emplois officiels ; mais ils étaient si occupés d'affaires, de plaisirs, de réunions chez les ministres, chez les députés et les banquiers, que je ne réussis pas à les rencontrer tous. Je voulus aussi revoir Arthur, qui était maintenant dans une position éclatante ; mais la chose était, à ce qu'il paraît, impossible.

J'allai visiter quelques anciens collègues de l'École de Médecine. J'espérais, dans ma naïveté, pouvoir avec eux parler science... Je les trouvai la tête remplie d'opérations financières ; d'autres m'entretenaient des danseuses du jour.

Je trouvais partout un luxe, des mœurs et des idées où je ne comprenais rien.

Mon frère, un soir, me conduisit aux Variétés ; je n'osai dire à personne ce que je pensais de la pièce et du public que j'avais vu l'applaudir.

De conversation, de manières (je m'en aperçus bien), je paraissais à tous tourner au phénomène. C'eût été bien autre chose si j'avais laissé entendre ou deviner une seule de mes impressions !...

J'avais rencontré chez mes frères quelques-uns des hommes politiques du jour : des industriels en faveur, des poètes, des artistes, des savants. Je les avais observés, j'avais écouté leurs discours, et je ne savais plus à la fin s'il en fallait rire ou pleurer.

Je sentais bien pourtant que l'industrie, que les arts et la science ne tarderaient pas à transformer le monde ;

mais je comprenais de mieux en mieux aussi qu'un très grand rôle en tout ceci serait pris par l'agriculture.

Je n'avais plus qu'un jour à rester à Paris, je le passai tout entier près de ma mère ; l'excellente femme regrettait un peu qu'en me livrant à l'agriculture, je me fusse condamné à une vie relativement pauvre et obscure, alors que ses autres enfants avaient su se créer de si brillantes positions.

— Mais si je me trouve heureux dans la mienne, bonne mère !

— Eh bien ! mon ami, si tu es heureux, je ne regrette rien.

Nous nous embrassâmes, et je la quittai, lui rappelant sa promesse d'une visite à la ferme.

XXXII

LE TROU-FUMEUX

J'éprouvai un grand bonheur, après ces quelques jours d'absence, à me retrouver chez nous, auprès de ma femme et de mes enfants. J'avais eu pourtant beaucoup de joie à revoir ma mère ; mais je l'avais revue si affaiblie, si différente d'autrefois et dans un monde si éloigné du nôtre, que ma joie de la revoir ne fut pas sans un mélange de tristesse.

Il faut aussi que je l'avoue, j'avais ressenti une impression d'inquiétude au spectacle de la vie tumultueuse où s'étaient laissé prendre mes malheureux frères... Ma mère croyait leur position préférable à la mienne ; combien différente était mon appréciation !

Désir, quelques jours plus tard, me demandait quelles nouvelles, dans mon voyage, j'avais recueillies.

— Je n'ai pas recueilli des nouvelles, j'ai recueilli des doutes... Toi et moi nous avions cru les Français à la veille d'une transformation, je doute aujourd'hui qu'ils achèvent leur métamorphose ; ils ne sont encore que larves dévorantes... Ah ! préparons les vivres pour ce monde affamé. Il n'y a pour nous, en ce moment, d'autre rôle que d'engraisser du bétail et de faire du blé. *Faire du blé !* mais le blé n'est pas un produit passif qu'on puisse, comme les produits purement industriels, doubler, tripler, décupler en multipliant les machines. Il faut pour les produits agricoles le concours de la nature, et la nature a ses volontés, ses exigences, ses révoltes, ses irrégularités... c'est tout un art, et le plus difficile des arts, que de la dompter et diriger ; toutes les sciences réunies : mathématiques, astronomie, physique, chimie, biologie, n'y suffisent qu'imparfaitement. Étudiée à tous ces points de vue, la nature échappe encore et nous reste par plusieurs côtés inconnue, insoumise. Vois autour de nous, en ce moment même : nous voici menacés d'une récolte insuffisante, tandis que les premières années de notre établissement ont été des années d'abondance. Ne va-t-il pas, à cette période d'abondance, succéder une période de disette ? Ces intermittences ont été bien des fois constatées ; je crains que nous ne soyons à la veille d'en avoir un nouvel exemple. Et que faire pour l'éviter ?

Ces inquiétudes n'étaient que trop fondées. Depuis l'affreux orage de l'année précédente, qui avait ruiné notre canton, il semblait que tout eût changé : blés, foins, vignes, lins, colzas, bestiaux, tout avait souffert.

Chez nous, après la récolte entièrement perdue de l'année précédente, nous n'eûmes pas même, cette année-là, une demi-récolte.

— Nous pourrions bien, dit Lagorgote, en avoir pour quatre ou cinq ans : le Trou-Fumeux fait des siennes !

Le Trou-Fumeux, appelé aussi Trou-du-Diable, était un trou en forme de vaste entonnoir, situé sur l'un des coteaux voisins, et d'où quelquefois on voyait sortir de légères vapeurs, semblables à celles qui se forment au-dessus des fontaines. Ce trou communiquait, je pense, avec le canal souterrain d'une source qui jaillissait à deux lieues de là, et qu'on appelait la Folle-Fontaine, parce qu'elle était parfois des cinq à six ans sans couler. Or, la Folle-Fontaine avait aussi la réputation d'annoncer les disettes. C'étaient probablement les vapeurs de cette fontaine qui s'échappaient par le Trou-Fumeux.

Quoi qu'il en soit des pronostics tirés de l'un et de l'autre, il est certain que la Folle-Fontaine ne coulait qu'aux temps de grandes pluies et d'excessive humidité. Ce fait, pour l'année dont je parle, ne s'était que trop vérifié ; nous avions eu neuf mois de pluies incessantes.

Il n'y eut dans le pays de récolte passable que la nôtre : des labours excellents (Désir), des semences de choix (Lagorgote), d'abondants engrais, drainage et sarclage (moi), nous avaient valu cela. L'année ne fut donc pas, pour nous personnellement, désastreuse ; notre demi-récolte nous valut à la vente à peu près le produit d'une année moyenne.

Lagorgote en était rayonnant de fierté ; et je crois qu'il s'en fallait peu qu'à ses propres yeux, nous ne fussions, lui, Désir et moi, les trois premiers hommes du monde.

XXXIII

LA VISITE DE MA MÈRE

Car l'orgueil fut, je vous le dis, la plus grande misère du pauvre Lagorgote ; cet orgueil pourtant le rendait heureux, et contribua certainement à lui donner toute sa vie une grande dignité. Après tout, il y avait peut-être de la justice dans son appréciation. Notre existence à la ferme m'avait paru souvent n'être le résultat (de mon côté du moins) que de l'amour du calme ; mais il y avait peut-être un peu plus, et, d'ailleurs, aimer le calme ne serait-ce pas le commencement de la sagesse ?...

Nos prévisions et les pronostics tirés du Trou-Fumeux ne furent que trop bien confirmés : les récoltes, pendant quatre années, furent insuffisantes.

Mais nous continuâmes, dans notre colonie, de n'en pas trop souffrir, grâce à nos bons procédés de culture ; le rendement fut moindre, mais les prix se maintinrent si élevés, que, pour ceux qui récoltaient encore, comme nous le fîmes, la perte en numéraire fut peu considérable.

Dans l'intervalle de ces quatre années, il naquit à Désir un garçon, et nous eûmes, de notre côté, un troisième enfant, ce qui en faisait cinq en tout à la ferme ; nous verrons que, plus tard, il en vint d'autres encore ; mais ne croyez pas que les enfants rendent les maisons tristes ; la nôtre a toujours offert l'exemple du contraire.

Nous ne fûmes exempts ni d'ennuis, ni d'embarras, ni de malheurs, mais la sérénité, la belle humeur et l'entrain reprenaient toujours le dessus.

Combien de fois des citadins ont dit qu'eux-mêmes ils ne riaient bien qu'au milieu de nous !

L'année qui suivit mon voyage à Paris, nous en eûmes (des citadins) plein la ferme, mais nous les eûmes d'abord dans des circonstances très douloureuses.

On n'a pas oublié la promesse de ma mère de venir passer quelque temps avec nous : elle était arrivée depuis un mois et nous comptions la garder encore quelques semaines, car visiblement elle se plaisait avec Gorgotine, dont elle aimait l'activité, l'ordre, le bon esprit. Et combien Gorgotine était heureuse quand elle s'entendait appeler *ma fille* par cette femme excellente !

Mais ce qui surtout enchantait ma mère, c'étaient nos enfants, qu'elle trouvait les plus jolis, les mieux portants, les plus éveillés de toute la famille. C'étaient aussi les seuls qui eussent reçu la nourriture sacrée, c'est-à-dire le lait de leur mère ! Et puis ils avaient le bon air, le soleil, la vie libre dans l'herbe et les vrais compagnons de l'enfance, qui sont, ne vous en déplaise, lecteur, ces chères bêtes de la ferme, au milieu desquelles j'avais eu, moi aussi, le bonheur de naître.

Ma mère était donc heureuse au milieu de nous, et commençait de comprendre que je n'étais pas celui de ses fils qui eût le moins bien organisé sa vie.

On était aux derniers jours de juin ; Gorgotine et moi, un soir, nous l'avions menée visiter nos champs. Elle remarqua très bien la supériorité de nos cultures ; mais ce qui lui causait chez nous, après les enfants, le plus d'admiration, c'étaient, nous dit-elle, la laiterie et la fromagerie de Gorgotine. Elle ne savait pas qu'on pût mettre

à ces choses tant d'art, tant de savoir, tant d'exquise
élégance !

La promenade et la causerie se prolongèrent assez
tard ; c'était, je l'ai dit, au solstice d'été, alors que dans
nos régions il n'y a plus de nuit. L'air n'était qu'harmonies, clartés et parfums. Nous marchions enchantés, vivi-
fiés... Nous traversâmes avec délices un petit bois. Le
rossignol chantait, nous nous arrêtâmes et fîmes quelques
instants silence. Nous rentrâmes par la prairie, en lon-
geant ʼ ι rivière. Ma mère eut volontiers marché toute la
nuit, tant elle prenait plaisir à cette promenade. Hélas !
eut-elle le pressentiment que ce serait pour elle la dernière ? Moi-même, qui l'observais avec soin, toujours en
méfiance de quelque accident du côté du cœur, je ne sus
rien prévoir de funeste dans cette belle soirée.

Rentrés à la ferme, elle prit avec Gorgotine les enfants
endormis, les embrassa, me les fit embrasser et se coucha
heureuse.

C'était son dernier soir.

Gorgotine, au matin, entrant dans sa chambre, trouva
ma pauvre mère expirante. On m'appela ; tous les soins
étaient inutiles, une rupture d'anévrisme venait de nous
l'enlever.

Il n'y avait point, en ce temps-là, de télégraphe pour
les particuliers ; le service postal et les voyages ne se
faisaient qu'avec lenteur. Mes frères n'arrivèrent que le
troisième jour ; mais ils arrivèrent tous, et quelques-uns
avec leur famille.

XXXIV

LES QUATRE BELLES-SŒURS

Tout le pays avait assisté aux funérailles de ma mère, mes frères étaient repartis aussitôt après, rappelés par leurs occupations ; mais quatre de nos belles-sœurs nous étaient restées.

Différentes d'esprit, d'humeur, de goûts, de caractère, elles se ressemblaient en cela pourtant qu'elles étaient toutes aimables, spirituelles et jolies ; elles avaient été visiblement cultivées avec soin, mais il semblait que la culture qu'elles avaient reçue n'eut eu pour objet que de les tenir à l'état de fleurs.

Pas une n'eût été capable de remplacer, même un seul jour, Gorgotine ou Toinette. Elles ne connaissaient de la vie que les côtés futiles. On n'eût même pas pu raisonnablement essayer de leur faire comprendre que les arts du ménage, protecteurs et producteurs de la vie, sont les arts essentiels.

En revanche, leur frivolité nous fit comprendre, à nous, que le bon lot n'était point de leur côté, et que la vraie loi du monde, c'était nous qui l'avions suivie.

Ces pauvres petites sœurs, agréables dans un salon, mais nulles, absolument nulles partout ailleurs, étaient du reste, à leur insu, les premières victimes d'une éducation irréfléchie, où les talents agréables priment et sup-

primrent les facultés primordiales ; en d'autres circonstances, leurs naïvetés, leur ignorance des choses de la vie,
leurs enfantillages nous eussent prêté à rire, mais, pour
cette fois, il n'en fut rien et nous fûmes plutôt attristés.
Elles ne restèrent d'ailleurs que très peu de temps avec
nous, leurs maris les ayant inopinément et simultanément
rappelées.

Quel avait été le motif de ce rappel ? vous le verrez
tout à l'heure.

Mais ici se termine la première partie de ces *Mémoires*.

DEUXIÈME PARTIE

I

M. LE SOUS-PRÉFET

Une révolution venait d'éclater... Roi, ministres, pairs, députés, préfets, tout disparaissait. Que d'emplois vacants et nouveaux ! cohue indescriptible ! tout le monde en voulait et tout le monde y courait, et quelle chasse aux décorations, aux privilèges, aux monopoles ! Grandes *affaires* de finance ou d'industrie, espérances, inquiétudes, convoitises, déceptions, ruines et fortunes subites se manifestaient de tous les côtés. Mes frères surent tous, avec habileté, tendre leur voile au vent. L'un d'eux, déjà célèbre dans la littérature, se trouva transformé en homme politique. On n'entendait parler que de gens subitement parvenus à de hautes fonctions ; pas de famille qui n'eût quelqu'un de ses membres préfet, député, conseiller d'État ; Gorgotin, notre beau-frère Gorgotin, était maire de sa bourgade, et voilà que pour sous-préfet nous eûmes un de mes camarades de collège.

6

Bien entendu que moi, dans tout cela, je ne pensais qu'à soigner nos bœufs, riant dans ma barbe au spectacle de ce remue-ménage. Mais j'eus vraiment une belle surprise. Une lettre m'arrive de M. le sous-préfet, qui témoigne le désir d'avoir avec moi un mot d'entretien et me prie de passer à la sous-préfecture.

Hop ! hop ! le cavalier est sur son cheval, et les voilà, l'un portant l'autre, en deux petites heures, au chef-lieu d'arrondissement.

Le cavalier salue et félicite cordialement M. le sous-préfet, et le cavalier apprend de M. le sous-préfet que M. le préfet (qui se trouve être aussi un ancien camarade) serait heureux de voir le très honorable cavalier poser sa candidature au conseil général. Une fois en selle, on peut aller loin dans les voies administratives...

Voyez-vous la stupéfaction du pauvre cavalier ? Néanmoins, je répondis :

— Mon cher sous-préfet, tu oublies l'incapacité de ton vieux camarade en tout ce qui n'est pas élevage, culture ou science naturelle.

— Mais la science de l'administration n'est pas une science surnaturelle.

— Eh ! eh ! ça n'est pas prouvé... mais ce qui est certain et ce que tu sais bien, c'est que la carrière officielle n'est pas dans ma nature, à moi ; je demande donc instamment d'y rester étranger.

— Et les amis qui s'attèlent au char de l'État, ne doit-on plus leur venir en aide ?...

— Quoi qu'il advienne des anciens camarades, j'essaie de rester avec eux en relations amicales ; mais, quant à les suivre dans la voie gouvernementale, non : il y a de ce côté-là trop de théories auxquelles j'ai déclaré depuis longtemps ne rien comprendre ; je ne serais assez avancé, assez zélé pour aucun des partis... J'ai, d'ailleurs, cet orgueil de croire que nous sommes, nous autres gens de la nature, supérieurs à tous les partis ; car les partis, selon moi, se relient dans leur passé à des traditions mesquines et funestes, venues d'un temps où rien n'était soupçonné de la grandeur du nôtre... Quel rôle puis-je donc jouer au milieu de ces débats, sinon de ne m'y pas mêler ? Les campagnes auront peut-être leur jour d'action ; alors, si je vivais encore, je pourrais voir quel rôle m'y convient- c'est-à-dire de quelle façon j'y peux être utile ; en atten, dant, préparer le pain et la viande, ouvrir les yeux tout grands à la nature, jusqu'à ce que partout on se décide à en faire autant, voilà les seules choses dont je me sens capable, et je m'en contente...

La conversation se continua longtemps et fut fort animée, mais nous finîmes par dîner ensemble gaîment, et M. le sous-préfet comprit qu'il ne fallait plus songer à faire de moi un conseiller général.

Nous nous séparâmes le soir assez tard.

Et puis, hop ! hop ! cheval et cavalier reprirent au petit trot le chemin de la ferme, où Désir était seul à les attendre, en jouant un air de galoubet.

II

CE QU'ON EN PENSA DANS LA FAMILLE

— *Voilà mon imbécile !...* c'est, ne vous en déplaise, l'exclamation que poussa l'un de messieurs mes frères en apprenant du préfet lui-même, quelques jours plus tard, à Paris, mon refus de me laisser faire conseiller général, alors qu'évidemment cela pouvait me désigner à la députation, à la décoration, à toutes sortes de dignités qui m'eussent élevé au niveau de toute la famille. Mais j'étais né imbécile, et je devais rester tel irrémédiablement.

On me rapporta ce propos, qui me fit beaucoup rire et que je trouvai parfait.

Mais celui qui eut, entre tous, pitié de moi et haussa les épaules, ce fut le beau-frère Gorgotin, l'huissier-chansonnier-maire. Il adressa, je crois, à mon illustre frère, le littérateur-homme d'État, une chanson patriotique où la gloire et l'éclat de notre parenté étaient opposés, par une adroite antithèse, à mon propre néant. Gorgotin protestait dans ses couplets contre mon indifférence politique ; mais il avait contre moi un bien autre grief : je m'intéressais peu à ses chansons, et la renommée même de mon frère, renommée européenne et universelle, semblait ne me causer aucune fierté ; je portais tranquillement ce nom glorieux sans préoccupation plus élevée et plus noble que de soigner des veaux et des porcs, comme si je m'étais appelé Jean Jaunisse ou Belpèche. Il n'était

pas même tout à fait prouvé que j'eusse pour les œuvres
glorieuses de mon frère une grande admiration. Qu'eût
dit l'huissier poète s'il eût pu deviner que ces *œuvres*
glorieuses de mon frère, je ne les avais pas lues !

Il est vrai que je les connaissais pour en avoir entendu
parler à ce frère lui-même, et puis je savais quelles idées
il y développait et dans quelle forme littéraire. N'était-ce
point assez ?... Il faut bien, d'ailleurs, qu'à la fin j'en
fasse l'aveu : pas un livre de littérature contemporaine,
depuis notre installation à la ferme, ne m'était passé par
les mains ; un feuilleton même, je ne l'avais pas lu. Nous
ne recevions qu'un journal agricole et un recueil de médecine. De temps en temps, je rapportais de la ville des
ouvrages de science. Quant à la poésie, quant aux romans
et aux drames, nous laissions l'huissier Gorgotin s'en
nourrir à son aise.

Reprenons cependant la suite des événements. Peu de
temps après la mort de ma mère, nous avions perdu aussi
le pauvre Lagorgote. Une pleurésie, compliquée d'une
péricardite, en trois jours l'avait enlevé. Ce fut à la ferme
un grand vide ; mais Toinette et Gorgotine nous avaient
enrichis de deux nouveaux enfants. Une série d'années
abondantes succédait aux années de misère. Les chemins
de fer, multipliés autour de nous, nous mettaient en relations avec un plus grand nombre de marchés et faisaient
hausser d'année en année le prix de nos denrées.

D'autre part, nous pouvions maintenant faire venir
d'une petite ville voisine d'excellents engrais, et nos
champs, nos prés, notre bergerie, nos étables, étaient
dans toute la contrée un objet d'admiration. Mais ne
voilà-t-il pas que ce succès même nous valut de nouveaux
embarras ! Tant il est vrai que la tranquillité et la paix
ne sont pas de ce monde !

III

LES CONCOURS AGRICOLES

Il s'était formé dans notre arrondissement une société d'agriculture, ce qui valut aux gens de la contrée, ce qui même leur vaut encore, à l'heure où j'écris, toutes sortes de fêtes, de concours et de discours agricoles. L'organisateur de cette société, qui en devint tout naturellement le président, avait été, lui aussi, un de mes camarades d'enfance. Il ne douta pas de mon consentement à faire partie de sa société et me le proposa de façon très aimable, « comme au premier agriculteur du canton » ; mais il oubliait que le premier agriculteur du canton en était aussi le plus sauvage, et que difficilement il se laisserait appiéger. On ne put donc m'enrôler parmi les membres de la société, mais on voulut m'avoir parmi ses lauréats. Nous avions certainement à la ferme les plus beaux bestiaux du pays et les champs les mieux cultivés, et nous devions, aux concours, emporter toutes les médailles ; mais pas une poule ne fut par nous soumise au jury. Je me tins coi, ne montrai pas même le bout de mon nez à la fête. Nous refîmes, Désir et moi, ce jour-là, notre fameux voyage à la mer, emmenant avec nous Gorgotine et Toinette avec quatre de nos enfants. Nous revîmes les orties de mer ; je pus alors expliquer à Désir les singulières métamorphoses et les alternances de ces êtres instables qui passent tour à tour de la vie animale à la vie végétale.

Mais je n'ai pas à faire ici un cours de philosophie scientifique (ce que, d'ailleurs, personne encore n'a osé faire en France), je n'ai qu'à raconter ce qui résulta de mon refus persistant de prendre part aux solennités du comice agricole. Les petites rancunes s'en donnèrent à cœur joie, les interprétations ridicules ou malveillantes allèrent leur train sur ces éternels refus d'entrer dans n'importe quoi d'officiel et de solennel. Tout cela bientôt passa pour des actes de vigoureuse opposition.

Opposition à qui et à quoi, je vous le demande ? mais enfin ce fut ainsi, et qu'en advint-il, lecteur ? le devinez-vous ? L'*opposition*, très accentuée au pays, voulut m'enrôler, elle aussi, sous sa bannière.

Mais pas plus qu'aux autres je ne leur pus faire admettre qu'on peut vivre sans être en ce monde rien de plus qu'un simple laboureur,

Sans dignités officielles ou anti-officielles,

Sans bâton de constable,

Sans bouton de mandarin,

Sans couronne,

Sans croix,

Sans palmes,

Sans autre ambition, sans autre mission que de fertiliser son champ et de vivre en paix dans sa famille.

Ces messieurs de l'opposition se dépitèrent contre moi, plus encore que les messieurs officiels et que les messieurs du concours. J'ai su même que, dans leur cénacle, il me fut décerné à huis-clos un superbe brevet d'incapacité politique, et j'avoue sans aucune réticence que jamais brevet ne fut mieux mérité.

Mais que de scènes peu agréables me valut cette sauvagerie !

Pourquoi tant d'explications étranges données à ma
conduite, alors qu'elle était un résultat tout simple de
mon acabit, ou, pour parler plus scientifiquement, de mon
organisation cérébrale ? Dès l'enfance, j'avais eu l'effroi
de devenir un personnage, parce qu'en tout personnage
j'apercevais un côté croquemitaine qui répugnait à tous
mes instincts. Mes frères me prenaient en pitié. Gorgotin toujours maire, toujours poète et philosophe et phi-
lanthrope, devenu depuis peu correspondant d'un journal et secrétaire d'une société savante, faillit plus d'une
fois perdre contenance et donner cours devant moi à son
indignation ; mais d'un sourire et d'un regard je calmais
ses colères poétiques.

Pour me consoler des dédains du beau-frère et des
frères, j'avais l'assentiment de Désir, de Gorgotine, de
Toinette et de tout le monde à la ferme ; ça me suffisait.

Et nos champs étaient cultivés plus gaîment que jamais ;
or, rien ne fait mieux au champ que la gaîté du maître.

Nous continuâmes à prospérer sans médailles et sans
primes. Quelle prime eût égalé la plus-value de nos grains
et de nos bestiaux sur tous les marchés ? Les plus médail-
lés des lauréats ne passaient qu'après nous dans les foires.
Qu'avions-nous, avec ça, besoin des distributions éco-
lières de messieurs du comice ? Nous rapportions de la
halle de sonnantes médailles dans notre sacoche, et ces
médailles sont la vraie récompense du travailleur.

Que ne voit-on tout travail donner à suffisance de ces
médailles-là !

Donc, les petites affaires allaient bien ; la ferme s'était
de beaucoup améliorée, elle s'était même, à la mort de
Lagorgote, agrandie d'un joli lopin de terre que nous
achetâmes avec ce qui nous revint de sa succession. Gorgotine et Toinette s'étaient fait, pour la volaille, les fruits,

le beurre, les lapins et le reste, une réputation dont elles savaient à la vente très bien tirer parti.

Ah ! les belles médailles en argent et en or que, chaque semaine, elles nous rapportaient du marché, et quelle bonne humeur !

Nous étions arrivés à l'idéal du cultivateur, c'est-à dire à voir chez nous trois récoltes à la fois sous trois aspects différents : une récolte sur le champ, une récolte au grenier, une récolte dans la bourse.

Tout entiers à la ferme, nous finîmes par nous amuser des *messieurs de la politique de hue et de la politique de dia*, suivant l'expression de Désir, qui, quelquefois aussi, s'écriait : « Quels retardataires, qui ne voient pas que nous « aurions besoin de n'avoir plus de politique du tout, et « qu'à la place il serait temps de mettre un peu de mora- « lité ! »

Ah ! que je voudrais dire en quelle sûreté d'âme, en quel contentement nous mettait la vue de nos récoltes, de nos bestiaux et de nos enfants assemblés (maintenant au nombre de sept avec ceux de Désir) ! Les aînés déjà savaient se rendre utiles : les fillettes aidaient au ménage, les garçons prenaient part aux travaux de la moisson, et même ils commençaient à jouer du galoubet, Désir leur avait communiqué ses goûts artistiques.

POISSONS ET CRESSON

On a vu que la ferme s'était agrandie d'un beau champ
que nous achetâmes ; mais l'année d'ensuite elle s'agran-
dit encore. Une prairie, où jaillissaient des sources abondantes, fut acquise par Désir et Toinette du fruit de leurs
économies ; je pris à bail la prairie, et, de cette manière,
Désir et Toinette eurent, eux aussi, droit de propriété
sur la ferme. Ensemble propriétaires, ensemble fermiers,
nous fondions, sans y penser, une sorte d'association et
de coopération agricoles, et cela se fit d'autant mieux
que jamais nous n'en avions parlé, et que la chose s'était
produite en quelque sorte spontanément, les circonstances
l'ayant amenée, non l'esprit de système.

La prairie fut vendue en assez triste état ; mais le
nouveau propriétaire ne tarda pas à la transformer ; et
c'était un spectacle que de le voir à l'œuvre. Dès le premier
printemps, il la disposa en larges ados, dont chacun avait
son *porteux* à sa partie supérieure. De ce porteux l'eau,
très régulièrement déversée à droite et à gauche, redes-
cendait dans les rigoles (d'un mètre en contre-bas) qui
séparaient ces ados.

Désir faisait là-dessus trois coupes d'excellent foin,
tandis qu'avant, à peine, on y en faisait une et de très
mauvaise herbe : prêles, joncs, rhinantes, laiches, rumex

et roseaux. Mais en peu de temps ces saletés disparurent ; il est vrai de dire que, grâce aux sources, on pouvait irriguer à discrétion.

Désir voulut aussi nous doter d'un étang ; or, dans cet étang, nous ne tardâmes pas à faire des essais de pisciculture qui réussirent parfaitement.

Gorgotine et Toinette, avec leurs poules, leurs canards et leurs œufs, portaient de temps en temps quelques poissons au marché (anguilles et truites), sans parler de ce qui se mangeait sur place.

Il y avait longtemps que Désir couvait de l'œil ces eaux et ce pré. C'est là qu'ensemble, autrefois, nous barbottions si bien ; c'est là que, lui expliquant le phénomène de l'allègement des corps submergés, je lui avais donné sa première leçon de physique.

Combien de cabots et de vérons nous avions pêchés dans ces fontaines où maintenant nous élevions la truite et l'anguille !

Nous commençâmes à cultiver le cresson, et pour cette denrée comme pour les autres, Gorgotine et Toinette se montrèrent habiles commerçantes.

V

NOTRE LUXE

Ici se placent dix années que je raconterai en trois ou quatre pages, et qui, dans notre vie, passèrent comme un alinéa : dix années d'une prospérité parfaite ; mais dix années de travail, d'activité incessante, de soins et d'études. Je dis d'études, et je dis bien, car nous avions compris que l'étude est un des premiers besoins, un des premiers devoirs de l'agriculture. Ce qu'est ce grand art, nous le savions maintenant, nous savions qu'il a pour bases les sciences les plus hautes, c'est-à-dire les sciences de la vie, alors que les sciences mathématiques, physiques et chimiques, suffisent aux autres industries.

Vous eussiez trouvé difficilement une autre maison où l'on vécût avec plus de simplicité, plus d'économie que chez nous ; mais difficilement aussi vous eussiez trouvé plus d'ordre et de bonne tenue. On y sentait partout des mains avenantes et gracieuses. Cinq jours sur sept, nous n'avions d'autres pourvoyeurs que le verger, les champs et le jardin ; mais nos choux, nos haricots, nos pois, étaient servis sur une table toujours bien dressée : nappe blanche (Gorgotine y tenait), verres, cruchons, plats, assiettes, couteaux éblouissants.

Cette simplicité, cette économie s'étendaient à tout. Cependant nous avions aussi notre luxe et notre dépense.

Nous avions connu, mes frères et moi, au collège, le fils d'un ouvrier dont un parent riche payait l'éducation, garçon doux et timide, mais qui paraissait à tous, aux maîtres aussi bien qu'aux élèves, encore plus obtus que je ne le paraissais moi-même, car, du moins, aux récréations, je tenais un rang honorable, tandis que lui ne jouait jamais ; toujours seul, à l'écart, il semblait plongé dans une sorte de contemplation mystérieuse.

Je le retrouvai plus tard à l'École de Médecine, mais les choses étaient bien changées ; aux études anatomiques et physiologiques nul d'entre nous ne l'égalait. Il ne lui restait, de sa primitive incapacité, qu'une inaptitude aux affaires égale à son aptitude pour les sciences. Cela fut cause que devenu depuis un de nos maître en physiologie, il ne put jamais obtenir dans l'enseignement qu'un emploi secondaire, et si peu rétribué, qu'il eut, pour élever sa famille, les plus grandes difficultés.

J'étais resté en relations avec lui, et je trouvais que, seul, ou à peu près, parmi les savants de ce siècle, il n'avait rien perdu dans la science de ses instincts primitifs ; il avait dans ses écrits le sentiment artistique et savait exprimer simplement, mais sans sécheresse, les grandes choses ; et puis il avait le respect de la nature, le respect de la vie universel e, étudiée par lui dans de si dive ses manifestations. C'était d'ailleurs un esprit encyclopédique, sachant voir et faire voir admirablement le lien qui, de toutes les sciences, ne forme qu'une seule science.

Il était venu une année passer les vacances à la ferme avec ses deux enfants, deux garçons de cinq à sept ans qu'il élevait seul ; car ces pauvres enfants, déjà, n'avaient plus de mère. Ses conversations, pendant ces deux mois de vacances, eurent pour nous un tel intérêt, nous éprouvâmes, à les entendre, une telle allégresse, qu'il me vint

tout à coup la plus heureuse idée, ce fut de prier Édouard
(c'était son nom) de venir chaque année aux vacances
passer un mois à la ferme, pour y faire à nos enfants et à
nous un cours dans lequel les sciences : mathématiques,
astronomie, physique, chimie, biologie, seraient résumées
à grands traits. Et puis, aux causeries du soir, nous pourrions entrer dans le détail de certaines parties utiles pour
nous à connaître.

Mais ceci, pour Édouard, devenait un travail, et
comme tout travail doit emporter salaire, il fut convenu
que, pour ce mois de leçons données à domicile, il lui serait
alloué un traitement de cinq cents francs. Et puis il devait
avec ses deux fils passer le second mois à la ferme, à
goûter, au milieu de nos champs, de nos prés et de nos
bois, un repos bien mérité après onze mois de travail
assidu.

Croyez-vous que beaucoup de fermiers se soient permis
un tel luxe, d'avoir pour instituteurs d'eux-mêmes et de
leurs enfants des professeurs de premier ordre, membres
de l'Institut, comme l'était Édouard, aux appointements
de cinq cents francs par mois ?

Nos meubles étaient en bois du pays et nos chaises
en paille ; nous n'avions pas de salon ; mais nous eûmes
un laboratoire de physique, de chimie, même d'anatomie,
avec instruments et appareils de toutes sortes : piles
électriques, microscopes, etc. Le microscope était pour
nous un instrument de tous les jours. Gorgotine et Toinette elles-mêmes l'employaient à toutes sortes d'usages ;
peu de fraudes, en effet, échappent à son examen dans les
denrées et marchandises.

Nous faisions avec Édouard des expériences curieuses
et, même en dehors de ses leçons et conférences, dont
quelques-unes étaient presque publiques, nous avions avec

lui des conversations qui nous furent profitables et comme agriculteurs et comme hommes. La science n'est pas seulement un élément de force pour toute industrie ; elle est dans la vie un élément de bonheur.

Le séjour d'Édouard à la ferme, pendant les vacances, était pour nous, chaque année, une vraie fête ; mais ce n'était pas seulement aux vacances que nous étions par lui tenus au courant du mouvement scientifique, dans tout le reste de l'année nous entretenions une correspondance qui mettait la ferme en communication scientifique avec l'Institut lui-même.

Voici quelques-unes des lettres qui s'échangeaient entre nous.

LETTRE D'ÉDOUARD

Oui, vraiment, ma brochure sur la contractilité est prête ; mais je la garde en portefeuille, tenant à ne la publier qu'après les vacances, c'est-à-dire après te l'avoir soumise, car j'ai besoin d'avoir ton avis sur plusieurs points essentiels. Je ne fais à peu près bien que ce que je fais avec toi, tu m'es à ton insu un collaborateur indispensable. Il est vrai qu'en ceci je confonds avec toi la ferme tout entière avec ses habitants, mâles et femelles, et même avec ses bestiaux, ses champs, son fumier, ses moissons. Je ne vois, ne pense et ne dis juste qu'au milieu de tout cet entourage.

J'ai recueilli pour Désir, au Jardin-des-Plantes, quelques graines fourragères, excellentes, je crois, pour sa prairie ; je les lui réserve.

Madame Gorgotine voudrait-elle pour sa basse-cour ou pour sa volière quelques œufs de poules négresses ? Ce sont des bêtes fort singulières, fort jolies, fort rares. Le bizarre, c'est que ces négresses sont d'une éblouissante blancheur ; mais les plumes seules sont blanches, en admettant que l'on puisse appeler plumes le singulier duvet dont elles sont revêtues. En revanche, la peau est du plus beau noir, et ce noir s'étend jusqu'au périoste. On a prétendu quelquefois que cette teinture noire du périoste était due aux aliments dont ces poules se nourrissent dans leurs lieux d'origine ; mais nourris-les comme tu voudras, tes négresses resteront noires. Dès l'éclosion, le périoste, chez le poussin, est ainsi coloré. Voilà, on peut le dire, de vrais nègres et tels que la nature n'en offre pas, je crois, un second exemple aussi complet. T'ai-je dit que même la crête du coq est noire et que ces gallinacées ont cinq doigts ? Ce sont bêtes tout à fait diaboliques. On n'eût pas manqué de le croire au beau moyen âge et peut-être que la *poule blanche*, si chère aux sorciers, n'était autre que la poule dont je compte offrir quelques œufs à mesdames Gorgotine et Toinette.

Vos enfants vont-ils bien ? Oui sans doute, car c'est leur habitude. Les miens, toujours trop enfermés, malgré les longues promenades que je leur fais faire deux fois par semaine, sont redevenus pâles et fluets ; mais, au total, leur santé n'est pas compromise, et l'air de la ferme aux vacances, je l'espère, leur rendra leurs bonnes couleurs.

Je te remercie et te félicite beaucoup de tes notes *Sur quelques phénomènes inobservés de la digestion chez les ruminants.* Je crois ton observation très juste, et je verrai ce qu'on en pense à l'Institut, où l'on ose encore quelquefois penser, quoi que tu en dises. Mais je m'appliquerai surtout à vérifier le fait. Me permettras-tu le sacrifice d'une de tes brebis ?

S'il vous mourait quelque jour une truie pleine, envoie-moi les petits ; c'est en les étudiant à l'état fœtal qu'on a quelque chance de découvrir les tenants et aboutissants de cet animal, qui semble isolé de tous les autres. Il y a là une grosse question de philosophie scientifique à résoudre. Je ne sais si don Pourceau s'est jamais douté de son importance en histoire naturelle. Je... J'aurais encore cent choses à te mander et demander, mais le papier finit et forcément je m'arrête. Tout à toi et aux tiens.

VII

A ÉDOUARD

Au diable la contractilité ! Je te voudrais occupé
d'autre chose, et d'autre chose de plus digne de toi. La
contractilité, je le sais, a son importance, puisqu'il n'y a
guère entre la vie végétale et la vie animale que ce point
distinctif, et que même, selon toi, il n'y en a pas d'autre,
ce que je veux bien accorder. Je sais, d'ailleurs, tes
curieuses expériences sur cette partie de la physiologie :
je sais que tu ne peux manquer d'avoir écrit sur tout cela
une brochure pleine d'intérêt, pleine surtout de consta-
tations nouvelles, et qui te vaudra, le jour où tu la liras,
les suffrages de l'Institut, si l'Institut, ce jour-là, n'est pas
atteint de surdité, d'aveuglement, d'atonie cérébrale,
comme il l'est *quelquefois*... Je dis *quelquefois*, parce que
les infirmités ci-dessus ont leurs intermittences dans la
savante compagnie, et qu'après tout, je veux bien l'avouer,
elle est encore à mes yeux le premier corps de l'État.
Nos assemblées politiques, auprès de l'Institut, seraient
bien peu de chose si l'Institut lui-même avait, dans la
majorité de ses membres, le sentiment de sa mission et de
sa puissance... Je voudrais donc que, laissant à d'autres les
études spéciales, tu prisses pour tâche de donner aux
peuples, qui l'attendent, le résumé, la conclusion de l'ensemble actuel des connaissances humaines.

Je voudrais qu'ayant interrogé la science mathématique, point de départ de toute étude (qui consiste, en effet, à compter, peser, mesurer les choses et calculer leurs distances); puis la science astronomique, qui n'est autre que l'application de la mathématique à la constitution générale de l'univers ; puis la physique, qui n'étudie des corps que les propriétés extérieures, tandis que la chimie, succédant à la physique et la complétant, pénètre jusqu'aux propriétés intimes ; je voudrais qu'ayant passé en revue ces sciences inférieures, tu prisses à partie la science supérieure qui les continue, les contient, les complète, c'est-à-dire la science de la vie en ses diverses branches, et qu'enfin tu osasses nous dire s'il y a lieu de fonder sur ces inébranlables assises : mathématiques, astronomie, physique, chimie, biologie, une science sociale.

Il s'agit, tu le vois, de trouver au monde moderne ses vraies bases ; cela vaut bien d'interrompre des recherches spéciales. Ce que le microscope t'a fait voir d'inaperçu jusqu'ici dans quelques phénomènes physiologiques, d'autres un jour l'auraient vu ; mais qui verra, qui saura, qui osera résumer notre avoir scientifique ? Pour l'accomplissement immédiat d'une telle œuvre, je ne vois plus personne, en France du moins ; car au-delà je connais moins bien le personnel scientifique. Mais quel malheur s'il fallait que, sur ce point encore, nous nous laissions devancer par l'Angleterre, l'Amérique ou l'Allemagne !

D'autre part, ami, quelle gloire (j'ai encore de ces enfantillages), quelle gloire, quelle joie, quel enchantement de toute notre vie, si le mot, si le grand mot du siècle partait de ce petit monde que seuls nous avons su tirer non pas seulement de la science moderne, mais de nos instincts et de notre cœur ; de ce petit monde où se voient associés si bien la campagne et la ville, l'agriculture et la science, le travail et le capital, le propriétaire et le fermier, j'allais dire le maître et le serviteur ; mais où est chez nous le maître ? où est le serviteur ? à quels caractères les as-tu distingués l'un de l'autre, ô classificateur ?

Me voilà, tu le vois, retombé dans ce qu'on appelait autrefois mes idées d'*imbécile* ; mais on ne sait pas assez de quel poids pèsent les imbéciles dans les destinées sociales. Ah ! s'il se pouvait trouver bientôt une demi-douzaine d'imbéciles de génie pour nous remettre dans les voies de nature, au lieu des gens d'esprit qui depuis si longtemps nous égarent en voulant nous conduire, quelle transformation du monde ! Qu'en dis-tu ? Tu es de mon avis sans doute, car, toi aussi, tu fus dans ton enfance, et tu as le bonheur, dans ton âge mûr, d'être resté *imbécile*... le savoir ne t'a pas empêché de conserver l'instinctive et précieuse bêtise qui te fit, au jour de ta naissance, deviner le sein maternel.

De même que les sciences supérieures de la vie s'ajoutent aux sciences inférieures sans leur rien enlever, sans les contredire sur un seul point, de même la science tout entière se doit ajouter à la bêtise de l'enfant sans lui rien enlever de ses instincts natifs. Si dans l'homme l'enfant est supprimé, tant pis pour l'homme ! Mais pourquoi te redire ces choses que tu sais, et que toi-même, tant de fois, tu m'a dites si bien ?...

A bientôt ! amitiés, compliments à toi et à tes fils ! nouvelles excellentes de la ferme, récoltes superbes; nous aurons même bientôt un enfant de plus par Toinette et Désir, un enfant de plus par Gorgotine et ton serviteur ; ça fera neuf. Tout va bien, mais tout irait mieux si tu nous donnais une philosophie scientifique et humaine.

Scientifique et humaine ! Ah ! si tu nous la donnes, cette philosophie-là, tu auras le droit de l'appeler *divine...* j'ai dit le mot et le maintiens, entends-tu ?

Ton vieil ami en bêtise et en science.

VIII

LETTRE D'ÉDOUARD

Merci mille fois de la bonne opinion que tu as de moi et de la tâche que tu voudrais me confier ! Mais pourquoi m'interdire la contractilité, alors que toi-même tu t'occupes si bien de la digestion chez les ruminants ?

Tu voudrais me voir formuler une philosophie des sciences, mais n'es-tu pas apte, monsieur le rural, autant et plus qu'un autre, à nous la donner, cette philosophie ? D'où vient donc que, toi aussi, tu t'en tiens aux observations, aux études spéciales ?

Ne serait-ce pas que j'avais raison lorsqu'aux vacances dernières, nous promenant un soir, je te disais : — Ami, ces conclusions philosophiques que toi, moi et quelques autres, nous sentons venir, nous en pourrons longtemps encore causer entre nous ; mais l'heure d'en entretenir le public, la trouverons-nous jamais ? et, pour de telles vérités, existe-t-il un public ? Avec le temps, avec beaucoup de temps, ce public se formera sans doute ; mais, parmi les hommes d'aujourd'hui, tu le chercherais en vain.

Vois, en effet, qui sont ceux que depuis vingt-cinq ans on écoute !

Du talent, quelques-uns en ont, et même beaucoup trop, à commencer par quelqu'un qui te touche de près,

mais de la raison, du savoir réel, où les as-tu trouvés ?
Du reste, je ne m'étonne plus qu'il en soit ainsi, et tu
penserais de la même manière si tu vivais au milieu des
futilités et des atrocités de nos capitales. Si tu avais sous
les yeux constamment le spectacle de nos horreurs, de nos
fureurs, de nos misères, si tu pouvais suivre les épouvan-
tables drames dont nous sommes spectateurs et acteurs,
si tu savais que, de tant de créatures qui s'agitent autour
de nous, la plupart sont affolées de douleur, de tristesse
ou d'appréhension, tu comprendrais, cher philosophe,
qu'une société si cruellement éprouvée n'a rien, absolument rien, du calme nécessaire à recevoir les sereines
instructions de la science.

Une crise de folie, d'hystérie universelle, se prépare ;
il faut aux hommes actuels tout ce qui grise, enivre,
exalte ou stupéfie... La parole en un tel moment n'est
pas donnée aux sages. Attendons !

Reste à ta chère agriculture, reste à tes études sur les
ruminants, et je m'en tiendrai, moi, à la contractilité.

IX

A ÉDOUARD

Oui, je resterai à mon agriculture, oui, je resterai à mes ruminants ; mais je n'en continuerai pas moins de penser que les grandes voix doivent se faire entendre dans les grandes crises, et j'ajoute : les grandes voix seront désormais celles qui résumeront les vérités scientifiques. Sans doute, il y a les affolés qui ne comprendront pas ; mais combien d'autres aussi seront, par le malheur même, ouverts à la révélation ! Or, la révélation, c'est la science aujourd'hui qui nous la fait entendre... L'univers, une fois encore, va se renouveler. Salut, monde naissant !...

LETTRE D'ÉDOUARD

Pas tant d'enthousiasme, mon cher philosophe, du calme, du calme ! La raison elle-même, sans le calme, n'est plus la raison.

Continue, si ça te fait plaisir, de philosopher dans tes lettres ; mais parle-nous de la ferme et de ses habitants ; car c'est à la ferme, c'est par la ferme que tu es un vrai philosophe, mettant la sagesse, l'instinct et la science en action ! parle-nous de vos champs, de vos prairies, de vos bois, et puis dis-nous si le soir, au rayonnement d'un beau feu de bois, vous causez toujours avec votre entrain de patriarches gaulois, en mangeant, tartiné sur le pain, cet excellent lard si bien préparé par mesdames Gorgotine et Toinette.

Voilà ce qui nous importe, à mes fils et à moi, qui comptons prochainement, au milieu de vous, passer nos vacances dans cette chère ferme, si féconde et si gaie !

A ÉDOUARD

Eh bien ! nous serons Gaulois, mon cher Parisien, et nous tâcherons, les miens et moi, quand vous viendrez, de vous tenir en gaîté. Du reste, voici que la ferme est en pleine allégresse. Gorgotine vient de mettre au monde un petit Gaulois des mieux constitués. Tu penses si la maison est en joie ! Les aînés, surtout les fillettes, celles de Désir autant que les nôtres, en sont dans un vrai transport. Et les mères ! que ne peux-tu voir Gorgotine et Toinette fêter le nouveau-né ?

Crois-tu le père moins heureux ? Ah ! que tu te tromperais, mon ami ! dans toute vie bien organisée, l'enfant, en naissant, apporte à sa famille des trésors de rajeunissement, de joie, de force. Il y a, pour les père et mère, alors un épanouissement, un redoublement de forces cérébrales et nerveuses que quelque jour la science observera et décrira sans doute ; mais qu'en attendant, moi, patriarche gaulois, je signale à ton attention.

C'est peut-être une découverte importante que j'indique ici aux physiologistes ; mais, découverte importante ou bêtise, je te dis la chose en riant de tout mon cœur, de ce bon rire qui, je crois, n'a été nulle part mieux connu, mieux pratiqué que chez les Gaulois .

Mais ne voilà-t-il pas que Désir est dépité de me voir

prendre le pas sur lui en *infanticulture*, et qu'il nous promet, lui aussi, son petit Gaulois pour le printemps prochain. On verra bien.

Sais-tu, cher Édouard, quel me paraît être aujourd'hui le premier des devoirs civiques ? C'est d'avoir beaucoup d'enfants. Nous en voici en tout dix à la ferme. C'est trop peu ! et quelquefois j'en rougis. Mon père en avait eu dix-neuf ; et moi fils indigne, je n'en suis encore qu'à six ! Désir en est honteusement à quatre. Le misérable ! je l'en humilie tous les jours.

REPRISE DU RÉCIT ET RÉAPPARITION DU BEAU-FRÈRE
GORGOTIN

J'interromps ici notre correspondance, et reprends mon récit, non pas au point où je l'ai laissé, mais dix années plus tard.

Ces dix années, je l'ai dit, avaient été prises tout entières par le travail et l'étude, sans qu'aucun événement notable y fût venu mettre la diversion ou le trouble : nous avions eu cette bonne fortune de n'être bouleversés par aucun changement subit ; mais peu à peu, que de choses à la ferme et hors la ferme avaient changé ! plusieurs de nos enfants, devenus grands, commençaient à compter dans la maison. On parlait, savez-vous, de marier notre fille aînée. Du moins, le fils d'un cultivateur de la contrée venait d'en faire la demande. Ça nous paraissait comme un rêve à Gorgotine et à moi, mais c'était un bon rêve. Les jeunes gens s'aimaient, les parents, de part et d'autre, s'estimaient ; qu'eût-on pu opposer à ce mariage ? il se fit donc et se fit gaîment ; on y joua du galoubet, on y chanta, on y dansa, tout y alla de cire, et vous n'aurez point à vous étonner de me voir, au chapitre suivant, devenir grand-père.

Mais, pour cela, n'allez pas croire que je sois un vieillard rabougri et grognon. J'avais, quand je mariai

ma fille, cinquante et un ans onze mois et vingt-trois
jours ; c'est le bel âge. Ah ! que ne puis-je vous dire combien Gorgotine et moi fûmes heureux ce jour-là !

Mais savez-vous qui était vieilli, usé, fini, tombé sur
le grabat, perclus, atteint d'atrophie musculaire et d'atonie cérébrale ? c'était Gorgotin. Depuis trois ans, le
malheureux languissait, n'ayant plus de lui-même et
des autres qu'une demi-connaissance ; la mémoire, la
raison, étaient presque éteintes. Je n'ose entrer dans le
détail de sa situation, qui ferait pitié.

Gorgotine insista pour qu'il vînt habiter à la ferme ;
mais le peu qu'il lui restait d'intelligence et de volonté
se concentra dans un refus persistant ; et cela, visiblement, par un reste de bonté, ne voulant pas gêner ou
attrister la famille ; car, dans son état de demi-hébète-
ment, on pouvait apercevoir alors très bien que, malgré
son incapacité d'aménager sagement sa vie, que, malgré
sa vanité puérile et ses goûts vulgaires, Gorgotin avait
été bon. Moins bon, il eût su mieux peut-être se tirer
d'affaire ; en mieux dirigeant sa vie, il eût moins troublé
la vie des autres ; mais l'équilibre lui avait manqué.
Aussi, la vieillesse, qui est quelquefois un si bel âge par
le calme et la lucidité, la vieillesse ne devait être pour lui
qu'une repoussante et cruelle maladie. Mais que parlé-je
de vieillesse ! Il avait cinquante-trois ans ; est-on vieux à
cet âge ? Et cependant combien n'en ai-je pas vu de ces
décrépitudes anticipées ! Le cas est surtout fréquent,
je crois, chez les célibataires, et c'était celui du malheureux Gorgotin, qui m'irritait autrefois et que je plains
aujourd'hui.

XIII

LE CHIEN ET LE CHAT

Me voilà donc grand-père ! joie nouvelle, rarement décrite dans les livres, mais que tous les grands-pères ont sentie délicieusement circuler dans leur chair.

Quel don généreux de la nature aux vieillards que ce spectacle de leur propre vie transmise et renaissante ainsi pour l'éternité ! Enfants, petits-enfants, vrai charme de la vie !... — Quoi ! la paternité jamais ne vous causa d'embarras, d'angoisses, de chagrins ? — Oui, vingt fois, cent fois, nous eûmes ses tribulations ; mais notre vie, par cela même, fut fécondée en ses facultés les meilleures, les bonnes cordes furent en nous les plus vibrantes et prirent le dessus, et nous causèrent, au milieu de nos tracas, d'indicibles allégresses.

Nos enfants, élevés en pleine liberté d'esprit, en pleine lumière, joyeux, actifs, spirituels, eussent eu leur écart dans leur esprit même, comme il arrive si souvent en France ; mais l'émotion continue d'une vie où la nature se montre en toute sa vérité, avec sa variété, ses grandeurs et sa fécondité, les tenait dans un juste équilibre d'esprit, de raison, de sentiment.

— Vos enfants ont donc été parfaits ?

— Oh ! que non pas ! je les eusse reniés, s'ils eussent été des saints

— Messieurs vos fils ne vous ont causé jamais aucun sujet de colère paternelle ?

— On m'entendait quelquefois d'un demi-kilomètre tempêter après eux.

N'allez pas vous figurer que nous fussions à la ferme des gens d'humeur douceâtre et béate ; nulle part, on ne criait et se chamaillait davantage. C'étaient des éclats de voix et de rire : nos plus simples propos étaient accompagnés de tapages. Cette expression bruyante de nos sentiments venait de leur force même, de leur exubérance. Et puis la bonne humeur, je ne sais comment, se mêlait à tout, et toujours reprenait le dessus. Jamais il n'y eut au logis entre personne fâcherie qui se prolongeât cinq minutes. Par exemple, Désir avait un chien et moi j'avais un chat. Ces deux animaux se fâchaient quelquefois, et la querelle, si nous étions présents, passait des bêtes jusqu'à nous. Je défendais mon chat, Désir défendait son chien, et nous prononcions, lui sur les chats, moi sur les chiens, des anathèmes à mourir de rire, et cela le plus sérieusement et même le plus furieusement du monde.

Et puis, l'instant d'après, nous nous retrouvions en accord parfait.

XIV

CE QUE M'APPRIRENT LES JOURNAUX

J'ai dit que nous ne lisions à la ferme aucun journal politique, ce qui était peut-être un tort ; quelquefois cependant, aux jours de foire ou de marché, dans les auberges, ils nous tombaient sous les yeux. C'est ainsi que j'appris un événement qui, depuis deux jours, tenait en émoi Paris et toute la France : Arthur, le banquier, Arthur, était en faillite. Le déficit s'élevait à plusieurs millions, et les millions alors, dans la faillite d'un simple particulier, paraissaient chose énorme.

Arthur, sous le coup de la réprobation publique, avait pris la fuite. On le disait en Belgique, ce qui était vrai, quoique tout le monde l'affirmât.

Des centaines de familles perdaient leur avoir dans cette banqueroute. Mon frère l'ingénieur y vit s'engloutir la plus grande partie de sa fortune, et, qui pis est, il s'y trouvait compromis aux yeux de beaucoup de gens.

Hélas ! il n'y avait eu, dans tout cela, que de l'étourderie, même du côté d'Arthur, je l'ai toujours pensé ; mais l'étourderie est quelquefois bien coupable. Il est vrai que je n'ai jamais su à fond les détails de cette catastrophe, car mon malheureux frère, que je vis quelques mois après cette affaire, en était si cruellement affecté, que je n'osai l'interroger beaucoup. Quant au failli, qui de Bruxelles était passé aux États-Unis avec sa femme, sa fille et son gendre, jamais plus nous n'avons eu de ses nouvelles.

Mon frère avait alors soixante ans ; il en paraissait avoir quatre-vingts : toute énergie s'était éteinte, et je vis que le pauvre homme croyait la société tout entière éteinte comme lui. Le monde lui paraissait malade. Il me témoigna cependant plus d'affection qu'il n'avait fait jamais. Son fils unique, perdant l'espoir d'une grande fortune en France, venait de partir pour l'Espagne, où il avait obtenu la construction d'un chemin de fer.

Dois-je dire tout de suite que le pauvre garçon, deux ans plus tard y fut atteint du typhus et qu'il y succomba ? La douleur de le voir mourir fut du moins épargnée à son père, car lui-même, quelques mois avant, était mort d'un cancer à l'estomac.

Sa femme, personne excellente, se trouva donc seule. Heureusement encore put-elle, des débris de leur fortune. se constituer un modique, très modique revenu, dont elle sut, dont elle sait encore se contenter. Elle a maintenant la belle soixantaine, et son cœur a conservé, malgré tant de chagrins, des trésors de jeunesse et de grâce. Ses meilleures amies sont aujourd'hui Gorgotine et Toinette, et chaque été elle vient à la ferme passer auprès d'elles quelques jours, pendant lesquels elle fait pour toute l'année, dit-elle, sa provision de beurre, qu'elle paie, et de santé, qu'elle emporte gratis.

AUTRE DÉCÈS

J'ai dit tout d'un trait, dans le précédent chapitre, ce qui concerne mon frère et sa famille ; mais du commencement à la fin de ce chapitre plusieurs années se sont écoulées. Seulement entre la faillite d'Arthur et la mort de ce frère, il s'en écoula deux. Eh bien ! dans cet intervalle même, nous eûmes à nos côtés un autre décès : nous vîmes mourir notre beau-frère Gorgotin.

Cet événement ne surprendra guère, après ce que nous avons dit de son malheureux état ; mais voici peut-être ce qu'on n'a pas prévu.

Gorgotin n'avait nul autre héritier que sa sœur Gorgotine ; mais il exigeait par son testament que sa fortune fût partagée entre Gorgotine et Toinette, c'est-à-dire en réalité entre nos deux familles, à Désir et à moi, qui avions été, disait-il, ses vrais frères et ses seuls amis. Il était certain, ajoutait-il, que, loin de blesser sa sœur et moi, il ne ferait en cela que répondre à nos propres désirs : l'association de nos deux familles avait été si complète, si profondément fraternelle, qu'elle devait s'étendre à l'héritage même. Du reste, le cas où Désir et Toinette refuseraient ce partage avait été très judicieusement prévu. Dans ce cas-là, ni Gorgotine, ni Toinette n'héritaient, la fortune passait tout entière à un

indifférent. Il fallut bien que Désir acceptât. J'avoue
que ce partage de la succession fraternelle fut une des
joies de notre vie, à Gorgotine et à moi.

Gorgotin terminait en nous priant de lui pardonner
le chagrin qu'il nous avait si longtemps causé, en ne
sachant rien voir ni rien faire de ce qui eût pu rendre
heureux les autres et lui-même. Son malheur était venu
d'avoir toujours trop visé à l'esprit et pas assez à la simplicité. Il avait toujours trop contrarié la nature. « Mais,
ajoutait-il, je m'aperçois de tout cela trop tard. La
lumière, avant que je meure, s'est faite un instant ; j'en
bénis et remercie, quelle qu'elle soit, la cause mystérieuse et bienfaisante. Ceci sera peut-être un de mes
derniers actes accomplis en pleine intelligence ; les
ressorts fatigués de mon cerveau vont, je le sens, se
détendre. Mais en quelque état que vous puissiez voir
mon intelligence, persuadez-vous bien, mes amis, que le
cœur, jusqu'au dernier battement, sera resté vôtre.
Respectez donc et approuvez mes volontés dernières.

. . . .

La date remontait à quatre années.

RÉFLEXIONS SINGULIÈRES

Nous avions eu déjà l'héritage de Lagorgote ; il nous arrivait en plus l'héritage de Gorgotin. Tout cela n'était certainement pas à dédaigner, mais nous n'en fîmes pas moins des réflexions que la plupart de ceux qui héritent ne font point, car nous étions devenus en vieillissant de très grands raisonneurs.

L'héritage, quoi qu'on fasse, disions-nous, a perdu maintenant sa puissance ; les fortunes par lui ne se reconstitueront pas. La richesse est de moins en moins inféodable et transmissible. Nous avons été, en fait d'héritage, parmi les favorisés ; eh bien ! ce que nous possédons, que sera-ce divisé entre nos dix enfants ? Sur quoi ces dix enfants peuvent-ils baser leur avenir, sinon sur leur propre travail ? Les pères doivent donc aujourd'hui songer bien moins à laisser un gros héritage à leurs enfants qu'à leur rendre le travail facile et productif. Voyons en eux les travailleurs plutôt que les propriétaires. La propriété, devenue déjà presque illusoire, le sera plus encore pour nos fils que pour nous.

Désir, qui devait maintenant une partie de son avoir au testament de Gorgotin, n'en avait que plus de réserve et d'objection contre le droit de tester. J'avoue que, de ce côté, j'étais moins ombrageux que lui. Il ne me déplai-

sait pas que chacun pût disposer en partie de ce qu'il a
su acquérir et conserver par son travail et son économie.
Mais Désir voyait à ce droit de tester toutes sortes d'in-
convénients, dont quelques-uns, à la vérité, ne sont pas
imaginaires.

L'héritage de Gorgotin ne nous fit pas faire seulement
de belles conversations, il nous fit faire aussi de bonne
besogne agricole. Nous augmentâmes le nombre de nos
bestiaux, et nous vîmes avec les bestiaux s'augmenter
les récoltes.

Ah ! si le bonhomme Lagorgote, quinze ans après sa
mort, eût pu revenir parmi nous un instant, quelle surprise, quelle joie il eût éprouvées à voir combien la ferme
s'était améliorée, embellie, enrichie !

XVII

CONVERSATION AVEC MA BELLE-SŒUR

— Comment se fait-il, mon beau-frère, qu'on soit si gai chez vous, quand partout la vie est si triste ?

— Je n'en sais rien, m'étant toujours contenté du fait sans trop en rechercher la cause.

— Eh bien ! moi, je vous le dirai : cette gaîté vient de ce qu'ici vous vous êtes affranchis des terreurs qui rendent partout les hommes si malheureux. La mort même, pour vous, perd de ses menaces. Que Désir meure, vous restez comme père à ses enfants, et lui de même aux vôtres, si vous mouriez avant lui.

— Ce que vous dites a dû nous mettre un peu de tranquillité dans l'esprit, mais on pourrait, je crois, ajouter d'autres causes à . . . .
. . . .

TROISIÈME PARTIE

I

ENTRÉE EN SCÈNE D'UN NOUVEAU PERSONNAGE

Ici commence une phase nouvelle de notre existence, phase que personne de nous n'avait ni prévue, ni volontairement préparée, mais qui n'en fut pas moins un résultat naturel de tout notre passé.

La colonie va donc prendre un nouveau caractère. Ces *Mémoires* seraient infidèles si eux-mêmes ne s'en ressentaient. De la première à la deuxième partie déjà se sont modifiés le ton et le fond de notre récit... Le changement, cette fois, se remarquera plus encore.

Je me placerai néanmoins toujours au même point de vue. On a tant insisté, dans des milliers d'autres livres, sur les dégoûts, les misères, les tracas et les luttes de l'existence humaine, que je m'appliquerai ici à donner les impressions heureuses et paisibles.

C'est par le calme, c'est par la fécondité, la sécurité, la sérénité, que notre vie à la ferme s'est caractérisée, c'est sur cela que l'historien doit insister.

Quant aux chagrins et aux luttes, nous les avons connus, nous aussi, mais moins que la plupart des hommes... Et puis, je tenais à ne conserver ici que les bons souvenirs.

Cela dit, je reprends notre histoire.

Nous causions, comme on a vu, avec ma belle-sœur, lorsque nous entendîmes doucement heurter à la porte. C'était le soir, par un temps fort mauvais. Gorgotine ouvrit. Nous vîmes entrer un jeune homme pâle, chancelant, mouillé, barbe et cheveux en désordre. Il vint à moi, poussant ce cri :

— Mon oncle !...

Et s'affaissa sur lui-même.

11

CE QU'ÉTAIT LE JEUNE HOMME

Le malheureux paraissait épuisé d'émotion, de fatigue, de faim. On l'étendit sur un lit, on lui fit prendre du bouillon chaud, du vin. Notre belle-sœur, qui l'examinait attentivement, tout à coup s'écria :

— Vraiment ! oui ! c'est Amédée, notre neveu, le fils de votre frère Urbain !...

Urbain, dont je n'ai pas encore parlé, était le plus jeune de nos frères ; c'était aussi le seul qui ne se fût pas établi à Paris. Il avait épousé, dans une ville de province, la fille d'un architecte, auquel il avait succédé, et nous ne l'avions revu que bien peu depuis lors. Sa situation de fortune était restée toujours très précaire ; cependant son fils unique, Amédée, avait été mis au collège ; mais il en était sorti dès la rhétorique, renonçant aux examens, qui, dans l'état de gêne où se trouvait son père, l'auraient mené trop loin, et puis le dégoût l'avait pris des piètres leçons qu'on recevait dans son petit collège. Il avait du goût et des dispositions très prononcées pour la physique. Un opticien, dont son père était l'ami, l'avait recommandé à un riche constructeur d'appareils électriques à Paris ; Amédée, entré dans ses ateliers comme simple ouvrier, s'y était fait remarquer par son travail intelligent. En peu de temps, en effet, il était devenu un électricien habile... Il avait maintenant vingt-quatre ans.

Voilà ce que savait de lui notre belle-sœur. Mais comment se trouvait-il au milieu de nous dans cet état déplorable ? Nous l'ignorions, et lui-même ne pouvait nous l'apprendre, car il continuait de rester évanoui.

III

Son premier mot, en reprenant connaissance, fut celui qu'il avait dit en entrant :

— Mon oncle !

Des larmes descendaient le long de ses joues ; il reprit :

— Mon oncle, ne me grondez pas !

— Les circonstances, il me semble, grondent assez autour de toi sans que je m'en mêle ; mais comment te trouves-tu ici à cette heure et dans un tel état ?

— A peine ai-je moi-même le souvenir exact de ce qui m'est arrivé. J'ai passé, je crois, en quelques semaines, par quatorze prisons : j'ai été violenté, foulé aux pieds, enchaîné (voyez mes poignets). Par quelle circonstance extraordinaire me suis-je échappé au moment d'être transporté à Cayenne ? C'est encore un problème.

Dans la cour d'une prison de province, je me trouvais, ne sais comment, à l'écart de mes camarades ; je me mis tranquillement à marcher vers la porte ; elle était entr'ouverte ; je l'ouvris tout à fait, me voilà dehors. Je continuai comme quelqu'un qui, sans se presser, vaque à ses affaires, et je sortis de la ville sans que personne eût pris garde à moi. Je marchai toute la soirée, toute la nuit, à travers la campagne ; mais où aller ? Retourner à Paris était impossible. Chez mon père ? On ne manquerait pas d'y faire des recherches. Je devais même éviter les villes et les bourgades de quelque importance. Un mendiant que je rencontrai eut pitié de moi et me donna du pain. Je m'avisai alors que, de l'endroit où j'étais, il n'y avait pour venir chez vous que quarante lieues ; je les ai faites à pied, en trois jours, sans autres ressources que mon morceau de pain, qui m'a duré jusqu'à ce matin.

Maintenant, où me cacherai-je ? et que faire en attendant que l'on m'ait oublié ? Voilà sur quoi, mon oncle, j'attends votre conseil, résolu de partir pour l'endroit que vous m'indiquerez...

Je croyais le récit terminé, mais il le reprit en ces termes :

— Qu'avais-je fait pour de tels traitements ? de quels crimes m'étais-je rendu coupable ? Qu'on le demande aux sbires qui, la nuit, entrèrent dans ma chambre, me saisirent endormi et m'emmenèrent. De quoi même étais-je accusé ? Je l'ignore. J'avais quelquefois témoigné de mon mépris pour le gouvernement ; mais ce mépris, tout le monde autour de moi le partageait... Soixante autres ouvriers honnêtes furent arrêtés dans Paris, la même nuit, de la même manière. Voilà les faits ; maintenant, dites où je dois aller et ce que je dois faire.

IV

— Il faut, mon neveu, rester ici jusqu'à nouvel ordre ; nulle maison ne sera moins que la nôtre soupçonnée de cacher des suspects. Il était impossible, d'ailleurs, que tu nous arrivasses plus à propos. Je me demandais depuis quelque temps d'où je ferais venir un homme de ta profession. Te voilà ! sois donc le très bien venu !

— Mais quel besoin pouvez-vous avoir d'un monteur d'appareils électriques ?

— Comment ! nous avons ici deux piles qui, l'une et l'autre, fonctionnent assez mal, et puis il y a dans notre laboratoire toutes sortes d'instruments qui, sans être des appareils électriques, n'en pourront pas moins être parfaitement réparés et rajustés par toi.

— Vous vous occupez donc ici de physique ?

— Certainement ! et de chimie et de biologie.

— Je vous croyais, mon oncle, tout à l'agriculture.

— Tu croyais juste ; mais si tu demeures un peu de temps avec nous, tu verras que toutes les sciences ont leur application dans l'agriculture, ce qui constitue en partie la supériorité de cette grande industrie. En effet, si la physique et la chimie suffisent aux autres industries, l'agriculture, comme la médecine, fait appel à toutes les branches du savoir humain. Aussi quand l'agriculture aura pris son véritable essor, le jour sera venu de la vraie philosophie, de la vraie politique et de... mais consens-tu à réparer nos machines ?

— Et vous, mon oncle, consentez-vous à vous laisser embrasser ?

J'ouvris les bras...

— Eh bien ! reprit-il, demain de bon matin, faites-moi conduire à votre laboratoire.

UNE RÉVOLUTION FAITE PAR AMÉDÉE

Au matin de bonne heure, je frappai à sa porte ; personne ! le neveu, levé dès l'aube, s'était fait indiquer le laboratoire, et je l'y trouvai faisant son inspection.

— Vous m'aviez annoncé un cabinet de physique, dit-il en riant, et me voici dans un musée d'antiquités.

— Comment d'antiquité ∶ !

— Eh ! oui ; tous ces appareils, vos piles surtout, sont d'avant le déluge.

— Il est vrai que tout ceci remonte à plus de vingt-cinq ans.

— Vingt-cinq ans, mon oncle, en fait de science, de nos jours, c'est comme vingt-cinq siècles.

— Alors que vas-tu faire ?

— Une révolution.

— Qu'entends-tu par là ?

— Remettre tout à neuf.

— Bigre ! et nos vieux appareils ?

— Je les ferai servir.

— Ah ! ah !... c'est donc une transformation ?

— Une transformation, oui, mon oncle.

— Au moins, tu ne vas pas nous ruiner ?

— Je compte, au contraire, augmenter de valeur votre mobilier scientifique.

— Eh bien ! à la bonne heure !

Amédée se mit à l'œuvre et commença par nos piles, dont il réussit, en quelques jours, à tripler la puissance.

C'était admirable de le voir au travail. Non seulement nos anciens appareils furent transformés, mais il sut très bien nous en construire de nouveaux, que dans notre solitude nous ne soupçonnions pas ; et notre laboratoire se trouva ainsi renouvelé à notre grande joie.

VI

AMÉDÉE CONTINUE SA RÉVOLUTION

Il nous renouvela bien d'autres choses : l'habitude des instruments de précision lui fit reconnaître que nos semoirs semaient irrégulièrement ; il régularisa leur action. Tout ce qui était de mécanique à la ferme eut à subir son examen et s'en trouva bien ; il apporta quelques modifications heureuses à notre machine à battre ; il améliora le hache-paille, la baratte, etc.

Visiblement il prenait goût, lui aussi, à l'agriculture et nous apportait un concours qui, maintenant, nous semblait indispensable. J'en étais à me demander comment nous pourrions nous passer de lui ; car je ne doutais pas qu'il ne s'empressât de retourner à Paris, aussitôt que sa rentrée y serait possible.

Mais je ne tardai pas à m'apercevoir que, peut-être, il ne serait pas, autant que je le pensais, pressé de s'éloigner.

Désir, vous le savez, avait plusieurs filles ; l'aînée, qu'on appelait Désirée, était une jolie fille brune, grande, alerte, bien prise, pleine de verdeur, gaie comme ses deux mères, Toinette et Gorgotine ; je dis *ses deux mères*, parce que Gorgotine, on se le rappelle, avait été sa nourrice.

Eh bien ! savez-vous quel miracle était arrivé ? Désirée et le neveu s'aimaient...

VII

CE QUI EN ADVINT

Rassurez-vous, mes amis, il n'y eut pas, en toute cette affaire, la moindre trace de roman ; il y eut bien mieux, il y eut mariage, bonne amitié, bonne foi réciproque. La fillette, bien pourvue de trousseau, bien instruite au ménage, active, avisée, n'eut pas, à proprement parler, de dot ; mais elle était une dot elle-même. Il m'avait suffi d'expliquer ce point au frère Urbain pour qu'il consentît à cette union, qui, néanmoins, le surprit beaucoup. La noce se fit à la ferme. Vous dire la joie de Désir serait impossible. Il semblait que ce fût lui qu'on mariât.

Après la cérémonie, il me dit :

— C'est comme le mariage de nos deux familles. Ma fille est ta nièce, ton neveu est mon gendre ; mes petits enfants seront tes petits neveux. Aurais-tu prévu ça ?

Toinette aussi et Gorgotine étaient radieuses.

Heureusement, une amnistie avait permis qu'Amédée pût comparaître officiellement devant monsieur le maire.

Voilà donc que, nous autres vieux, nous goûtions ce bonheur de voir une jeune nichée se former parmi nous, prête à renouveler et perpétuer la chère colonie.

Un élément nouveau nous était apporté par le jeune Parisien : l'élément industriel. Le neveu joignit à la ferme un petit atelier de machines agricoles, et puis lui-même ne tarda pas à très bien entendre l'agriculture en sa partie commerciale, et, de ce côté encore, il nous vint grandement en aide.

Le mariage avait à peine onze mois de date, et le premier enfant venait de naître, quand Amédée perdit son père. Un petit patrimoine lui revint, qui, liquidation faite et le fisc payé, produisit au jeune ménage assez pour acquérir une jolie prairie artificielle dans notre voisinage.

Voilà donc encore une fois la ferme agrandie et augmentée d'habitants, car Amédée avait tenu à ne pas se séparer de nous, et ce fut un troisième co-propriétaire, co-associé et co-opérateur.

Vous voyez bien que tout ça, lecteur, méritait d'être raconté. Mais je n'ai pas fini. Veuillez donc, si ces histoires ne vous ennuient pas, en continuer la lecture.

Vous aurez encore à y voir des choses auxquelles vous ne vous attendez point.

DIALOGUE LITTÉRAIRE

Quelle pitié ! quelle pitié profonde eussent inspirée ces *Mémoires* à mon frère, le romancier-poète, s'il eût pu les connaître !

— Imbécile ! m'eût-il dit très amicalement, tu avais dans cette donnée la matière de dix volumes : tes amours avec Gorgotine faisaient un roman ou un poème. Les amours d'Amédée en faisaient un autre. Bien filés, chacun de ces ouvrages donnait deux volumes, et tu en avais deux autres, tout différents, dans le récit de tes travaux agricoles, ce qui faisait six ; pour septième et huitième, venaient tes réflexions sur la science et l'agriculture ; enfin, les tomes IX et X eussent pu traiter *du passé, du présent et de l'avenir des campagnes.*

Dix volumes, ô maître imbécile ! dix volumes sur des matières importantes entremêlées de fantaisie et de roman, cela pose un homme ; mais avec la matière de ces dix volumes, tu nous en fais bêtement un à grand'peine. De quoi te mêles-tu, malheureux ? laisse, laisse la plume aux « artistes divins » qui savent la tenir, et reste à tes bestiaux.....

J'eusse timidement répondu à mon frère :

— Tu es un homme de lettres et tu parles en homme de lettres : mais tu oublies que le public de tes livres n'est pas le public du mien ; car tes livres à toi, malgré leur célébrité, sont-ils lus au village, et même y sont-ils lisibles ? Je ne le pense pas. Vous autres gens de lettres, vous faites du métier, et vous le faites quelquefois avec un grand talent ; mais le lecteur naïf veut plutôt la simplicité. La phrase, à nous gens de labeur, est insupportable ; nous aimons que, tout de suite, on nous conduise au but. Voilà pourquoi j'ai mis ce que j'avais à dire en un volume, et même en un petit volume. Il faut que chacun aille selon sa nature et selon son milieu. Je ne suis pas un phrasier (ou frasier) ; au delà du fait, je ne sais plus rien dire.....

Du reste, ami lecteur, ce sont là des discours tout à fait supposés, car mon frère n'a pas connu ces *Mémoires* ; il ne les a même jamais soupçonnés, puisqu'il mourut avant que je les eusse commencés.

IX

CRÉPUSCULE ET AURORE

Le malheureux poète, en effet, était mort de chagrin, d'ennui, de désespérance ; il avait vu le public peu à peu se retirer de lui, courir à d'autres renommées. Ses livres, si vantés autrefois, ne se lisaient plus. Devenu académicien, député même, hélas ! et ministre pour quelques mois, il lui avait fallu dès lors entendre sur ses productions les vérités les plus dures, et puis, aux critiques acerbes s'était largement mêlée la calomnie.

J'aurais voulu à mon frère un talent littéraire moins fastueux et plus vrai ; mais je ne lui eusse pas voulu, comme homme, une autre moralité. Sa droiture, sa sincérité, sa générosité m'étaient connues, et je m'étais étonné souvent que tant de fausse et mauvaise rhétorique se pût mêler à tant d'honnêteté.

Ce pauvre frère, si glorieux autrefois, était mort dans l'abandon, dans l'oubli et la pauvreté.

La pauvreté !... ne la lui reprochez pas ; ce fut le côté vraiment noble de sa vie : par cette pauvreté, il eût dû se placer plus haut dans l'estime des hommes que par toutes ses œuvres littéraires, car il la supporta sans se plaindre, évitant même que personne pût la soupçonner...

Il vint, la dernière année de sa vie, passer un mois à la ferme. Tout en continuant de m'appeler son cher imbécile, il y fut pour moi, pour tous, d'une douceur pleine de charme et de mélancolie.

Comment se fait-il qu'ayant cette poésie au cœur, il n'ait pas su la mettre dans ses écrits ?

Hélas ! le parti pris, l'esprit d'école et de système en furent cause.

Durant son séjour à la ferme, le frère, malgré son ennui, ou plutôt à cause même de son ennui, se plaisait surtout avec les enfants, — j'entends avec les plus petits ; — aussi passait-il ses journées presque entières avec ceux d'Amédée, qui avaient, le plus âgé deux ans et le dernier six mois.

Ceci nous ramène au jeune ménage, où tout allait gaîment. Amédée, plein d'allégresse et d'entrain, était devenu en quelque sorte, par son activité, l'âme de la ferme. Il semblait nous avoir tous rajeunis. D'ailleurs, rien n'est sain et vivifiant comme d'avoir dans une famille unie le contact de tous les âges.

Amédée, en donnant à notre exploitation agricole un essor industriel et commercial qui, jusque-là, lui avait trop manqué, y suscita une prospérité nouvelle.

Mais personne ne savait mieux que lui mener de front le travail productif et l'étude. L'étude des sciences positives était pour lui un besoin ; et puis, plus que nous, il se préoccupait des choses de la politique, ce qui est peut-être un bien. Je dois ajouter que, s'il aimait à s'instruire, il aimait aussi à instruire les autres. Voilà donc qu'il se mit à faire, le dimanche, aux paysans, des conférences sur la physique, et vous n'eussiez pas trouvé un bambin dans notre village qui ne fût en état de construire un télégraphe électrique.

MON NEVEU ET MON GENDRE

Ces conférences rappelleront peut-être au lecteur celles que nous faisait Édouard pendant les vacances, et sans doute on demandera si Édouard nous continua les siennes ! Ah ! c'eût été pour nous une félicité ; mais Édouard, l'excellent Édouard, depuis deux ans n'était plus.

Ainsi, vous le voyez, trois de mes frères, l'ingénieur, le poète et le père d'Amédée avaient terminé leur carrière. Il en était de même de Gorgotin et d'Édouard, et peut-être l'ancien banquier Arthur était-il mort dans son exil. Il ne faut pas oublier que nous étions tous à peu près du même âge que le siècle, lequel siècle commence à se faire bien vieux.

Désir et moi, pourtant, nous étions encore verts. Le travail, l'étude, l'entière liberté d'esprit semblaient nous avoir tenus en perpétuelle jeunesse.

L'installation d'Amédée à la ferme vint une fois encore nous revivifier. L'œuvre que nous avions commencée par instinct, il vint nous la faire continuer en pleine conscience. Il n'avait pas trente ans, nous en avions soixante, et c'est à lui que nous dûmes d'apprendre que nous avions été de grands organisateurs, et même, disait-il, de grands initiateurs en économie sociale. Mais nous avions fait cela comme les oiseaux font leur nid. Eh bien !

à l'avenir, il s'agissait de s'élever du rôle d'oiseaux à celui d'architectes. C'est du moins le résultat que le neveu se proposait d'obtenir, et qu'il obtint en partie.

Voici de quelle manière les choses se passèrent.

On se rappelle que notre fille aînée, Abeille (je crois n'avoir pas encore dit son nom), s'était mariée, et qu'elle avait épousé un cultivateur des environs. Ce cultivateur (qui s'appelait tout bonnement François, et qui n'en était pas moins un garçon intelligent) se lia avec Amédée de très vive amitié, si bien que peu de dimanches se passaient sans qu'ils se réunissent. Or, un certain soir que le neveu et le gendre avaient causé longuement seuls, en se promenant parmi nos champs, je vis le neveu rentrer tout pensif.

J'étais au laboratoire, il vint m'y trouver, et me parla de la façon qu'on va voir au chapitre suivant.

XI

LES LACUNES

— Vous vous rappelez, mon oncle, la nuit affreuse où je vins, presque mourant, frapper à votre porte. J'arrivais chez vous à l'état de bête farouche. Traqué comme tel, j'avais été, en effet, refoulé de l'état d'homme à l'état de brute..... Je baisserais dans votre estime si je vous disais les sentiments mauvais et terribles qui m'agitaient..... La terreur, la colère, le besoin de vengeance me crispaient et paralysaient le cerveau. Je ne raisonnais plus et ne pouvais plus raisonner, j'étais fou. Mais les bonnes figures que je vis ici me calmèrent et me rendirent l'épanouissement naturel à mon âge ; je redevins en quelques jours ce que j'avais été autrefois : vous m'aviez ramené de l'état bestial à l'état humain. Vous ne saurez jamais combien, au fond du cœur, je vous bénissais de ce miracle. J'étais d'ailleurs frappé de voir en vous réuni tant d'expérience, de science et de bonté. Je me mis dès lors — pardonnez cet enfantillage — à vous considérer comme un saint. Un pas de plus, et je vous adorais. Ne riez pas, j'ai renoncé depuis à toute idolâtrie. Pour revenir au bon sens en ce qui vous concerne, je n'eus qu'à faire votre analyse morale.

— Qu'est-ce qu'une analyse morale ?

— Oh ! je me comprends très bien, et vous me comprendrez aussi tout à l'heure. Je fis donc votre analyse morale et je découvris...

Ici le neveu s'arrêta, et moi de m'écrier :

— Dis ce que tu découvris.

— Mais ça n'est ni poli, ni aimable.

— Il s'agit bien de politesse ! Dis vite, malheureux, ce que tu découvris.

— Eh bien ! mon oncle, dit-il en riant, je découvris vos lacunes.

— C'est-à-dire qu'il me manque beaucoup de choses ?

— Beaucoup, non, mais...

— Vraiment il y a longtemps que, moi aussi, j'ai fait cette découverte.

— Non ! ce qui vous manque, vous ne vous en doutez pas. Et bien loin de le regretter, vous vous trouvez heureux de ne pas l'avoir.

— Bah !

— Les instincts sont en vous admirables, et loin de travailler à les éteindre, comme on fait si généralement, vous les avez, au contraire, développés avec luxe. Vous aviez, grâce à ces instincts, tout ce qu'il faut pour être artiste ; vous l'avez été sans le savoir, mais vous avez mis votre art à bien vivre. Aussi avez-vous fait de ce côté une belle et grande œuvre ; cette œuvre, c'est votre maison. Or, voici le moment où je réclame toute votre attention.

— Va donc, lui dis-je, je ne perds pas un mot.

Et il continua :

— De tous les enfants de votre père, quel a été le plus sage, le plus heureux, le plus utile aux autres et à lui-même ? qui a fondé l'établissement le plus durable ? Lequel a laissé ce qu'on peut appeler une famille, une hoirie, une postérité ? Tous se sont écroulés, eux, leur fortune, leur famille. Vous seul êtes resté debout, et debout restera la ferme, après même que vous n'y serez plus. Pour la créer et faire ainsi prospérer et durer cette ferme admirable, vous avez tout simplement écouté vos instincts.

D'abord, vous sentez ce que l'amitié peut donner de contentement dans la vie, et vous commencez par ne pas vous séparer de vos amis, quelque apparente distance qu'il y ait entre eux et vous. Le vacher Désir devient votre associé, et Gorgotine votre femme. Mais comment entendez-vous l'association ? Est-ce la mesquine association des seuls intérêts et du seul argent ? Non ! c'est l'association étendue à toute la vie. J'ai parlé de votre association avec Désir ; mais n'est-il pas merveilleux que, trente ans plus tard, l'association, au lieu de se dissoudre, se continue et se complète avec moi ?

Et voyez maintenant le résultat ! Connaissez-vous une ferme qui, comme la vôtre, en trente ans, ait quadruplé d'étendue et décuplé de valeur ? Connaissez-vous une ferme dont les habitants aient vécu une vie plus heureuse, plus éclairée, plus féconde et plus respectée ? Tout cela, je vous l'ai dit, vous l'avez fait d'instinct ; pourtant, vous touchiez ainsi à l'un des problèmes les plus formidables qu'ait à résoudre le dix-neuvième siècle. Mais aviez-vous une idée suffisante de ce que vous faisiez ?

En vérité, en vérité, je ne le pense pas. Car, agissant avec la pleine intelligence de votre œuvre, vous n'eussiez pas marié ma cousine Abeille à François, sans essayer de l'attacher, lui aussi, à la ferme.

— Mais il avait la sienne.

— *La sienne ;* voilà précisément le mal ; il restait par

là dans la catégorie des *isolés*, qui tous périront devant les *associés*...

— Abeille et François font très bien leurs affaires.

— Abeille et François font leurs affaires aussi bien que possible ; ils travaillent l'un et l'autre avec courage, avec intelligence, mais leurs efforts, comme ceux de tant d'autres parmi ceux qui travaillent isolément, et dans un but personnel, leurs efforts, dis-je, sont mal récompensés, François voit, d'année en année, décroître son avoir, et déjà l'inquiétude et la tristesse commencent à le gagner

Ayant remarqué ma stupeur :

— Oh ! tout peut être sauvé et le sera, n'en doutez pas ; mais après en avoir délibéré avec François et Abeille, voici, je crois, ce qu'on pourrait faire : vendre leur ferme, payer les dettes et puis employer le surplus à établir ici, chez nous, en association avec nous, sous la direction de François, une raffinerie de sucre, ce qui serait pour eux, pour nous, pour le pays, une excellente affaire. J'ai mon plan, j'ai le consentement de François et d'Abeille ; il ne faut plus à ce sujet que l'approbation de Désir et de vous.

Réfléchissez donc, et dites ce que vous aurez décidé ; après quoi, bon oncle, nous reprendrons notre conversation, et je continuerai de vous signaler vos lacunes.

Ayant ainsi parlé, il sortit lestement du laboratoire et disparut dans l'obscurité.

XII

L'IDÉE SE RÉALISE

J'étais ahuri : le neveu venait de faire dans tout mon être une révolution. Sans doute, je ne m'avouai pas vaincu, et même il ne tarda pas à se produire dans mon esprit un mouvement naturel de réaction ; mais le fait (fait consenti par moi) n'en resta pas moins acquis aux idées du neveu : la raffinerie fut décidée à l'unanimité.

L'annexion à la ferme de cette nouvelle industrie nous prit toute une année, et même un peu plus ; mes neveux et gendres s'y employèrent si bien, qu'au bout de dix-huit mois, la sucrerie était en pleine activité ; et, comme l'avait dit Amédée, tout le monde s'en trouva bien.

François se montra très entendu en son nouveau métier ; nous lui cultivâmes et lui fîmes cultiver aux environs le plus que nous pûmes de betteraves, dont la pulpe nous était rendue en engrais pour la ferme ; le nombre des chevaux fut augmenté pour le service de la nouvelle usine, le fumier abonda, et voilà nos terres rendues de nouveau plus productives.

Cependant j'avais toujours sur le cœur notre conversation du laboratoire, et j'essayai vingt fois de la renouer en vue d'une revanche ; mais Amédée, toujours pris par quelque affaire urgente, toujours au travail ou en course, trouvait à chaque fois moyen de m'échapper. Les choses, d'ailleurs, avaient réussi à son gré, ça lui suffisait. Bien est-il vrai aussi qu'avec son atelier de construction, qu'avec la raffinerie à organiser, qu'avec ses ventes et ses achats agricoles, il n'eut guère dans ces dix-huit mois le temps de se livrer à des discussions philosophiques.

A la fin pourtant, je pus le saisir, et nous eûmes ce nouvel entretien.

INSTINCTS ET IDÉES

— Nos lacunes, mon neveu, consisteraient donc en ce que, très bien doués du côté de l'instinct, nous serions, nous autres villageois, très pauvres en idées...

— Non pas précisément ; mais, pleins de confiance aux instincts, vous vous méfiez des idées...

— Nous nous méfions des idées, parce que les idées, en effet, ne suffisent point seules à rendre viables les choses que quelquefois elles font naître inopportunément ; parce qu'il faut à ces choses, pour qu'elles vivent, le concours de tous les éléments. Aie l'idée de cultiver le maïs en Norwège, et vois si la chose sera possible. Et puis l'idée ne va pas toujours devant, elle va plus souvent derrière.

Ainsi l'organisation de la ferme, comment a-t-elle réussi ? Parce que l'idée est venue après que les circonstances l'avaient rendue possible ; nous étions associés, Désir et moi, avant même d'avoir jamais songé à ce que c'est qu'association. Co-propriété, co-opération sont nées chez nous de la même manière, c'est-à-dire la chose avant l'idée.

Aux générations spontanées est-ce une idée qui préside au phénomène ? Non, le phénomène est la résultante des causes qui le déterminent. Un germe apparaît, se développe, éclôt non sur un plan conçu d'avance, mais sous l'action de causes qui toujours le tiennent sous leur influence. Un plan préconçu, immuable, serait ici funeste.

Notre colonie, elle aussi, s'est formée et développée spontanément sous l'influence de données déterminantes. Nul de nous ne l'avait d'avance combinée. Avec une idée arrêtée, tout manquait. Ne voyons-nous pas, en effet, que des associations longuement et savamment méditées n'ont produit rien qui vaille ?

— En concluez-vous que l'instinct soit infaillible et que l'idée soit toujours trompeuse ? Vous oubliez alors, mon oncle, que les rats ne se laissent prendre aux ratières qu'en obéissant à leurs instincts de rats ?

— Non, je ne l'oublie pas, et j'avoue qu'un rat ingénieur, calculant devant une ratière la puissance du ressort et la résistance du fil, ne se laisserait pas pincer. L'instinct a donc ses erreurs, ses troubles, ses déviations ses impuissances. Je le sais et je sais aussi que la raison a ses infaillibilités dans les axiomes et les déductions mathématiques, et je sais que, dans toutes les sciences, se retrouve le même élément de certitude. Mais je n'en suis pas moins persuadé qu'il faut, en nombre de cas, demander beaucoup au sentiment intérieur.

Ainsi le sentiment n'est de rien aux mathématiques, à la géométrie, à la physique, etc. Mais doit-on et peut-on s'y soustraire dans la conduite de la vie ?..... Pour bien ordonner son existence, il faut, au contraire, je le maintiens, se méfier des idées préconçues, des aphorismes, des systèmes et ces trop grands calculs. Tout est tâtonnement dans la vie, beaucoup de choses s'y font à l'aveuglette, et c'est là que l'instinct triomphe. Mais avoue que c'est aussi là qu'avec une idée tant de gens se sont égarés !...

— Oui, l'idée, mon oncle, est un danger pour l'homme ; mais l'idée est aussi sa grandeur, car c'est en elle surtout qu'il a sa responsabilité. Aussi l'idée ne doit-elle jamais perdre ses droits sur nous. Que l'idée n'étouffe pas les autres facultés humaines, très bien, vraiment ! mais les autres facultés, en revanche, ne doivent pas affaiblir l'idée, ni condamner au silence la raison.

Que l'instinct ait tout commencé, même notre association, je l'accorde ; mais accordez-moi que la raison, à son tour, doit tout continuer. Moi-même, qu'ai-je fait en vous demandant d'annexer à la ferme une raffinerie et d'y appeler François, sinon un acte de raison et de justice ? C'était *une idée* ! Eh bien ! dites ce qu'aurait fait de mieux le sentiment !

Le sentiment et les instincts livrés à eux-mêmes, sans contrôle, ont produit dans le passé tant de malheurs, qu'il est temps, je crois, de leur donner ce surveillant suprême : la raison.

Ah ! si j'avais à redouter l'un de ces deux grands guides, instinct et raison, ce n'est pas la raison qui me serait suspecte. L'instinct, qu'il faut respecter chez les peuples enfants, ne saurait suffire aux peuples plus avancés. Je suis donc persuadé qu'instinct et raison ont leurs droits, leur légitimité et leur rôle. Mais aujourd'hui nous en tenir à l'instinct, ah ! ce n'est pas assez, et quant à moi, je crois avoir bien fait en suivant mon idée d'associer à nous François et Abeille. Mais, vraiment ! si vous avez en moi quelque confiance, cette réforme ne sera pas la dernière, car j'ai promis de vous signaler encore des lacunes dans votre œuvre, et je tiendrai parole. Vous n'avez qu'à moitié organisé votre famille, il faut songer à l'organiser tout à fait. Plusieurs de vos enfants vous ont échappé en adoptant d'autres arts que le vôtre. Eh bien !

j'ai à vous faire sur ce point une proposition nouvelle.

— S'agit-il encore d'une révolution ?

— Oui, mon oncle, car je ferai des révolutions tant
que je vivrai, et d'autres, quand je serai mort, en feront
après moi. Qu'est-ce que la vie, en effet, sinon une suite
incessante de révolutions ? Par ces révolutions, par ces
transformations, je vous fais vivre et penser et sentir, et
toujours avancer dans un monde sans limites et sans fin.
Vous en plaindriez-vous, cher oncle ? Votre maison est
restée incomplète : eh bien ! j'ai l'ambition, moi, de la
compléter, cette chère maison, de lui donner toute sa
puissance et tout son éclat, en lui restituant ses membres
dispersés. Un de vos fils est peintre, le fils aîné de Désir
est un habile musicien, et les voilà, ces deux garçons de
talent, exilés à cause de leur art, les voilà comme n'étant
plus de la famille. Que diriez-vous d'une idée qui les y
ramènerait ?

QUATRIÈME PARTIE

I

LE PEINTRE ET LE MUSICIEN

Ces dernières paroles demandent un commentaire et me conduisent à vous parler du fils de Désir et du mien, auxquels Amédée venait de faire allusion. Mais ici encore nous entrerons avec notre colonie dans une phase nouvelle.

Le fils aîné de Désir, appelé Graindorge, avait été, dès l'enfance, si bien instruit par son père à jouer du galoubet, que, prenant goût à la musique, il s'éleva du pauvre instrument paternel à la clarinette, puis au violon, et que, bon gré, mal gré, il fallut diriger son éducation de ce côté-là. Je dis *bon gré, mal gré*, assez à tort vraiment, car tout en restant très fermes dans nos conseils à nos enfants, nous n'avions jamais pensé à mettre d'obstacles à leur vocation, dès que cette vocation nous était évidente.

Graindorge avait achevé son éducation musicale à

Paris, où, grâce aux recommandations d'Édouard, il put trouver un excellent maître.

Nous avions eu, quelques années plus tard, dans un de nos fils, un phénomène analogue ; mais c'était vers les arts du dessin et vers la peinture que s'était tournée la passion du jeune homme, et nous n'avions pas non plus songé à y mettre obstacle, car ce garçon montrait, de ce côté, un talent réel et original. Dirai-je qu'il est, à cette heure, un de nos paysagistes sur lesquels s'est le plus portée, aux derniers *Salons*, l'attention du public ?

Froment (c'était son nom) alla, lui aussi, achever son éducation à Paris, où Graindorge, qui l'y avait précédé de plusieurs années, lui fut, dans les premiers temps, un bon introducteur et un bon guide.

Je n'avais rien dit encore de ces deux garçons, parce que, leur art même les ayant mis en dehors de notre colonie, je n'avais guère l'occasion de les introduire dans ce récit, où je n'ai à m'occuper que de la ferme. D'ailleurs c'était pour nous un crève-cœur de les voir éloignés de nous ; cependant nous avions, d'autre part, il faut bien le dire aussi, une grande joie de leurs succès naissants, d'autant plus que l'un et l'autre nous paraissaient avoir suivi les véritables voies de l'art moderne. Evidemment, la ferme, la campagne, le souvenir de notre colonie leur étaient restés toujours présents, et nous en retrouvions la trace dans leurs productions. Les paysages de Froment nous rendaient tous les coins et recoins de notre domaine. Nous y retrouvions jusqu'à nos bestiaux. — Il m'envoya une année, pour l'anniversaire de ma naissance, une toile pleine de lumière et de gaîté, qui orne aujourd'hui notre salle à manger, et savez-vous ce qu'elle représentait ? *La Sainte Carriole*, c'est-à-dire la carriole du père Lagorgote, où j'étais venu au monde, entre un mouton et un veau.

Graindorge aussi, dans ses compositions musicales, nous rendait les harmonies et mélodies tant de fois entendues à travers les grands arbres qui nous entouraient. Quoique jeune encore, il avait eu cette bonne fortune de faire représenter un joli opéra en deux actes. Quelle joie ç'avait été pour Désir, pour Toinette, pour toute la colonie, d'entendre cette œuvre charmante (non pas à Paris, où nous ne pûmes aller), mais au chef-lieu de notre département, où l'œuvre fut, ma foi, très bien interprétée et surtout très bien accueillie.

Qu'ils sont à plaindre, les malheureux pères qui, si souvent, brisent la carrière artistique de leurs enfants ! et de quelles félicités ils se privent !

Demandez à Désir quel a été le plus beau jour de sa vie, et vous verrez s'il ne vous dira pas que ce fut celui où il entendit cette œuvre de son fils, surtout lorsqu'il y vit apparaître un berger jouant du galoubet, aux applaudissements, aux bravos et aux *bis* de toute la salle.

L'ACTEUR ET L'ACTRICE

Ce n'est pas tout, et j'ai encore, ô pères de famille !
un aveu à vous faire. Le compositeur et le peintre s'étaient
liés d'amitié, à Paris, avec un jeune acteur qui, lui aussi,
sous le nom de Droz, s'était fait une réputation à la
Comédie-Française. C'était un garçon loyal, enjoué, de
relations agréables et de beaucoup d'esprit. Son talent
comme artiste, je n'en dis rien. Son nom est devenu depuis
tout à fait populaire. Froment et Graindorge l'amenèrent
avec eux passer quelques jours à la ferme.

Garçon très pénétrant, très observateur et tout à son
art, il fit chez nous une découverte : c'est que nous avions
tous de vraies têtes d'artistes, et que moi, particulière-
ment, j'avais toutes les qualités de l'artiste dramatique :
voix, geste, œil, jeu de physionomie. J'avais, à ce qu'il
paraît, manqué ma vocation. Mais Droz s'avisa que la
chose heureusement se pouvait réparer...

— Ah ! miséricorde ! allez-vous, à soixante ans, vous
engager dans une troupe de comédiens ?

— Non, lecteur, non ; mais écoutez tranquillement la
suite :

Notre troisième fille, Colzette, nommée ainsi parce
qu'elle nous était née dans la saison où les colzas sont en
fleurs, reproduisait, en toute chose, disait-on, mon type

perfectionné : voix pure et bien timbrée, le geste expressif, des yeux pleins d'éclat, avec de l'esprit, de la gaîté.

— Quelle admirable soubrette on en pourrait faire ! avait dit Droz à Froment.

Il la pria d'apprendre et de réciter quelques petits bouts de rôle, lui donna ses conseils, et ne voilà-t-il pas que Colzette se trouva tout à coup dire les vers avec un tact, une grâce, une verve qui tous nous étonnèrent et nous ravirent.

Faut-il maintenant vous mettre davantage les points sur les *i* et vous faire passer par toutes les phases de l'histoire ! Ce fut vraiment très simple. Après quelques mois de préliminaires, nous célébrâmes le mariage de Colzette avec Droz, et Colzette est aujourd'hui la très digne femme de l'excellent comédien. Ajouterai-je qu'en cette aimable actrice se retrouvent les souvenirs d'enfance et les qualités solides de Gorgotine, et qu'elle est à cette heure, sans préjudice de son talent, la mère très attentive de deux jolis garçons, dont l'aîné n'a pas quatre ans. Heureuse et belle famille ! c'est l'art, mais c'est aussi la nature ; c'est le théâtre, mais le village et la ferme sont restés au cœur de la chère actrice.

On a publié partout l'éloge de Colzette ; mais on n'a peut-être pas, aussi bien que je le fais ici, indiqué le secret de cet art si simple et si vrai, auquel peut-être vous-même, cher lecteur, vous avez applaudi.

III

UNE RICHE IDÉE

Droz, à table un jour, discutant avec Graindorge, avait dit :

— Le véritable artiste met sa passion dans son art et non dans ses mœurs.

C'est en cela justement que, moi aussi, je me reconnaissais artiste à ma manière ; c'est-à-dire artiste en culture, en élevage, etc.

J'avais mis là ma passion ; tout le reste en moi et autour de moi s'était arrangé pour le calme.

Amédée, évidemment, avait, lui aussi, sa passion dans son art, et son art consistait à tout transformer. C'était une perpétuelle inspiration de réforme, ou, comme il aimait à le dire, de révolution, car ce mot était celui qu'en vrai Parisien il avait adopté.

Cependant, j'ai à faire connaître une autre conversation à laquelle je n'assistai point, mais qui me fut redite.

Froment et Colzette étant venus ensemble passer deux jours à la ferme, on causait donc en se promenant.

— Nous aimons l'art, disait Amédée, et vous, mes enfants, vous ne pouvez pas ne plus aimer la campagne : vous y êtes nés, vos meilleurs attachements y sont encore ; la campagne a été l'origine même de votre talent. Les choses, maheureusement, sont organisées de telle sorte que vous, vous n'avez plus cette chère campagne, et que, de notre côté, l'art nous manque. Mais la nature sans l'art ou l'art sans la nature, c'est trop peu.

— Que faire à cela ? dit Colzette en riant ; démolira-t-on la Comédie-Française et l'Opéra pour les rétablir ici, et vous verra-t-on, vous autres, installer votre colonie au Jardin-des-Plantes ?

— Eh ! cousine, rien de plus simple que ce que je propose ; Graindorge, Froment et vous-même n'êtes jamais longtemps sans venir passer ici quelques jours ; mais ces visites ont lieu selon le hasard des circonstances, et les circonstances jamais ne vous ont permis de vous trouver ici tous ensemble. Il faudrait donc tout bonnement régulariser vos visites, en porter le nombre à deux chaque année, à la condition que toute la famille, pendant cinq jours, y serait réunie....

— Touche là, dit Colzette en lui tendant la main ; c'est affaire conclue et je réponds de Droz.

— Et moi, dit Froment, je réponds de Graindorge. Mais quelles époques de l'année choisirons-nous pour ces fêtes ?

— Choisissons pour l'une les magnificences de la belle saison, du 20 au 25 juin ; pour l'autre, les longs et bons soirs d'hiver, si gais, si bruyants, du 20 au 25 décembre. Cette fédération de la famille sera une fête en l'honneur des arts : la musique....

— Oui, la musique, voilà pour Graindorge ! s'écria Colzette....

Et puis, après une pose, se tournant vers son frère avec vivacité :

— Toi, Froment, tu nous barbouilleras un décor de théâtre ; tout le monde y mettra du sien, et nous arriverons à montrer tous aux chers parents ce que nous savons faire. Ah ! quelle riche idée !

MONSIEUR DE SAINT-ALBIN

Il sera fait précisément comme il a été dit, et l'on verra tout à l'heure le récit de nos fêtes ; mais, peu de jours après le projet que je viens d'exposer, nous eûmes à la ferme une visite dont je dois rendre compte.

Un monsieur décoré de plusieurs ordres, d'apparence très aristocratique et de grande distinction, vint au chef-lieu d'arrondissement et s'informa des exploitations agricoles de quelque importance qu'il désirait visiter. Tout naturellement nous fûmes signalés à son attention par notre ami le sous-préfet. Voilà donc qu'un matin son équipage arrive à notre barrière. Un domestique en descend, me remet une carte blasonnée où je lis :

Comte Maurice de Saint-Albin

et ce domestique me demande si je puis recevoir.

Je portais ma réponse moi-même au comte, lorsque je le vis descendre de voiture et venir à ma rencontre.

— Monsieur, permettez, dit-il, qu'avant toutes choses je vous félicite, de vos belles cultures et de tout ce que j'aperçois déjà de votre établissement. Je ne crois pas avoir vu rien de mieux en France, et j'ai vu peu de domaines qui lui soient comparables.

— Je suis honoré, monsieur le comte, de vos paroles bienveillantes, mais peut-être votre opinion se modifiera-t-elle un peu en voyant les choses de plus près. J'avoue cependant que nous mettons tout notre soin à bien faire.

— J'ai vu vos champs de ma voiture, et j'en suis même deux ou trois fois descendu pour mieux me rendre compte de votre mode de culture. J'ai compris tout de suite que l'on fait ici de l'agriculture scientifique, sans que cependant rien y soit poussé à outrance. J'ai trouvé ailleurs des chimistes agriculteurs, mais je suis ici chez un agriculteur chimiste. Je ne fais nullement un jeu de mots, et j'espère que vous saisissez bien la nuance.

— Parfaitement.

— La science en vous s'est greffée sur le paysan.

— Je suis né à la ville pourtant, mais votre observation n'en est pas moins judicieuse et vraie au fond.

— Occupé d'un travail important sur les *Moyens de reconstituer la grande Propriété rurale*, je cherche en ce moment à bien saisir l'esprit des grands propriétaires ruraux, parmi lesquels j'aperçois déjà que vous tenez un des premiers rangs, sinon par l'étendue du domaine, au moins par sa parfaite gestion.

— Je ne puis nullement, monsieur, être classé parmi les grands propriétaires ; je ne possède même personnellement qu'une partie de cette exploitation. Nous formons ici une tribu de propriétaires associés dans la possession et l'exploitation.

— Ce domaine serait-il un essai d'association et de coopération agricoles ?

— C'est plus et c'est moins, et vraiment je ne saurais donner un nom à la chose ; mais je puis vous dire qu'elle s'est faite d'elle-même, avec le temps, avec les circonstances.

En causant ainsi, nous arrivâmes à quelques-uns de nos bâtiments ruraux, et je vis que notre visiteur était lui-même un agronome expérimenté et instruit.

Monsieur de Saint-Albin approuva beaucoup l'annexion d'une raffinerie à la ferme.

Il nous fit une série de questions intelligentes et discrètes, auxquelles nous répondîmes avec toute la précision possible.

Désir, qui était un vrai maître en ce qui touche les labours, l'ensemencement, les soins aux chevaux, etc., paraissait à ses yeux, me dit-il, le patriarche et le roi des charretiers.

— Mon vieil ami Désir ne rougirait pas, monsieur le comte, de ce titre de charretier ; il en a, en effet, pendant trente ans, exercé noblement les fonctions au milieu de nous. Mais Désir n'en a pas moins été mon associé de toute la vie. Une partie de notre établissement lui appartient en légitime propriété, et nous le dirigeons, aidés dans cette tâche par mon neveu et mon gendre.

J'aperçus la surprise croissante de M. de Saint-Albin.

A l'office, il vit Gorgotine et Toinette ; leurs beaux cheveux blancs pouvaient seuls faire soupçonner leur âge, tant elles avaient de fraîcheur, tant elles étaient attentives et alertes aux soins du ménage. Leur politesse cordiale et enjouée, leurs réponses intelligentes à toutes questions sur les mille détails de la laiterie, de la fromagerie et de la basse-cour, achevèrent de le désorienter, si bien qu'à la fin, il me dit avec un regard et un soupir dont je ne saisis qu'imparfaitement la signification :

— Vous me montrez, monsieur, une chose que j'eusse niée toujours, si je ne la voyais réalisée sous mes yeux : c'est-à-dire une grande propriété rurale bien administrée et n'ayant d'autre base que l'élément démocratique.

— Et scientifique, monsieur le comte, me hâtai-je d'ajouter.

— Evidemment, reprit-il.

Et je continuai :

— Nous avons fondé notre colonie sur le travail, sur de bons rapports d'amitié ; cependant, monsieur, ne cherchez nul esprit de système dans notre organisation, il n'y en a pas eu ; l'attrait de la nature peut-être et le désir de l'étudier de près, voilà quels ont été nos premiers mobiles. Tout cela est bien simple.

— Oh ! vraiment non ! s'écria monsieur de Saint-Albin, tout cela n'est pas si simple ! Du reste, ce que je pense de votre œuvre, ajouta-t-il, vous le verrez dans le livre où je compte faire un exposé complet de notre situation agricole.

A l'heure où j'achève d'écrire ce chapitre, nous attendons encore le livre de monsieur de Saint-Albin, sur les *Moyens de reconstituer la grande Propriété rurale*. S'il paraît jamais, lisez-le, mes amis, et voyez bien ce qu'il dira de nous.

V

LA GRANDE PROPRIÉTÉ

En attendant, moi, le lendemain, je disais à Désir et à Amédée :

— Ce monsieur de Saint-Albin n'est certainement pas sans mérite, et je crois ses intentions bonnes ; mais c'est un homme de caste, possédé de l'esprit de caste, et qui, pour cela, voit les choses parfaitement à l'envers. Il est de ceux qui, de très bonne foi, croient devoir et pouvoir arrêter la marche des choses. Et ces gens-là mettent leur espoir dans le monde des campagnes. Jamais il n'y eut illusion pareille. Le monde des campagnes est, au contraire, appelé à compléter nos transformations. Les sciences, devenues le fondement de la société moderne, eussent-elles pris une aussi rapide et si prodigieuse extension, si le monde, en ses nécessités matérielles, n'avait eu besoin d'elles, si elles n'eussent servi au développement de l'industrie, qui, grâce à elles, décuplait et centuplait sa puissance ? Autrement, qui sait si elles n'eussent pas été étouffées, au lieu de se développer comme elles ont fait ? Cependant l'industrie, en ses différentes branches, ne s'appuie que sur les sciences physiques et chimiques, sciences qui ne pouvaient conduire encore qu'à une donnée philosophique incomplète. Mais cette donnée philosophique, qui la complètera ? C'est ici que la biologie entre en scène. Mais la biologie, par quelle industrie sera-t-elle accueillie et rendue populaire ? Par l'agriculture, car l'agriculture ne tardera pas de connaître que physique et chimie sont, pour elle, insuffisantes, qu'il lui faut une science plus avancée, qu'il lui faut la science des êtres organisés. Cette science, qu'on n'avait crue utile qu'aux seuls médecins, aura prochainement, n'en doutez pas, sa place au programme de l'enseignement agricole. C'est donc aux champs que doit se compléter notre transformation morale, ce qui n'empêche pas monsieur de Saint-Albin de mettre son espoir aux campgnes pour la reconstitution de l'ancien monde et de l'ancienne propriété.

— Ah ! dit à son tour Amédée, la Révolution, depuis son origine, n'a pas cessé de présenter ce spectacle. Elle eut, en effet, pour premiers promoteurs quelques nobles, d'esprit plus indépendant que les autres ; la plupart, d'ailleurs, en avaient assez de l'orgie royale, qui supprimait toutes prérogatives et garanties personnelles, ils en avaient assez des lettres de cachet et de la Bastille. Quelques gentilshommes eurent donc l'initiative du mouvement ; la Cour et les partisans de l'ancien régime d'abord ne s'effrayèrent que peu de ces velléités d'indépendance ; on comptait sur le tiers-état et sa soumission séculaire ; mais voilà que le tiers, contre toute attente, adopta, développa l'idée révolutionnaire. Aujourd'hui les adversaires de l'ordre nouveau retombent dans la même erreur : ils comptent sur l'élément agricole, ne voyant pas que l'élément agricole sera bientôt, par la science, le véritable élément révolutionnaire. Et voilà comment on songe aux *moyens de reconstituer la grande propriété rurale*

— La grande propriété rurale ! s'écria Désir ; oui,

j'en ai des nouvelles ; nous l'avons eue en France avant
la Révolution ; alors les paysans mouraient de faim dans
leurs trous, quand ils ne mouraient pas sous le bâton sei-
gneurial. Dans le même temps, au contraire, le sol anglais
était couvert de jolis cottages dont la description, répétée
partout, faisait le charme du monde. Mais quel renver-
sement ! C'est en France aujourd'hui que l'on voit les
jolies maisonnettes habitées par des millions de paysans
heureux, joyeux, intelligents. Quant à l'Angleterre, plus
de cottages ! ils se sont effondrés, et les habitants en ont
disparu. Ne cherchez plus de paysans en ce pays, vous
n'en trouverez pas. Des ouvriers, au temps de la moisson,
sortent momentanément des villes, pour aller *exécuter*
la terre ; mais où sont-ils les descendants de ces propriétaires des anciens cottages ? Ils peuplent les affreux
workhouses. Eh bien ! ce mouvement en sens inverse
dans les deux pays a été produit chez nous par la divi-
sion de la propriété ; en Angleterre, par sa concentration
dans quelques familles. Le sol tout entier est possédé là
par cent cinquante propriétaires, dont quelques-uns
peuvent se promener plus de trente lieues en ligne droite
sans sortir de chez eux. La moitié de l'Écosse appartient
à douze pachas ; mais nous avons aux champs, nous
autres Français (et soyons-en fiers), un million d'héri-
tages. Que les amis de la grande propriété se réjouissent
de voir cent cinquante marquis de Carabas pouvoir courir
à cheval quinze heures, dans la même direction, sans sortir de chez eux, à la bonne heure ! Mais, pendant qu'ils
se réjouiront, un peuple entier mourra de faim et de rage.
Allez voir en Angleterre les milliers et millions de pauvres
assistés aux paroisses ! Ah ! c'est là que monsieur de
Saint-Albin et sa caste pourront apprécier les résultats
de la grande propriété !

Désir, en parlant ainsi, tenait une faulx. Il fit un geste terrible, et s'en alla faucher un coin de son pré.

Ami lecteur, n'oubliez pas ces conversations ; c'est surtout pour vous les faire connaître que l'idée me vint d'écrire ces *Mémoires*. Cette *idée*, il est vrai, puisqu'*idée* il y a, c'est encore ce diable d'Amédée qui me la mit en tête, ou pour dire les choses avec plus d'exactitude, c'est à ses instigations que je résolus de la réaliser, car l'idée plusieurs fois m'en était venue à moi-même ; mais Amédée certainement m'aida à discerner l'élément essentiel du récit, qui devait être, disait-il, l'histoire de la ferme, arrivant peu à peu à la science, à l'idée sociale et aux arts.

Mais ce fut peu de jours après notre première fédération de famille qu'il commença (selon son expression) de m'électriser en ce sens.

Voilà donc, je crois, le moment de vous exposer comment les choses se passèrent à cette fête si bien organisée par Amédée, Froment, Droz, Graindorge et Colzette.

VI

UN MOT DE PRÉFACE SINGULIÈREMENT PLACÉ

Je voudrais pourtant donner ici encore quelques explications sur ces *Mémoires*, puisque nous voici arrivés au moment de ma vie où je commençai de les écrire.

A l'heure où je rédige le présent chapitre, personne ne connaît un mot du livre ; toute la colonie sait que je l'écris, mais on en ignore même le titre, qui, je pense, eût soulevé de l'opposition. Je le garde pourtant ce titre, parce qu'il contribuera, je crois, à faire comprendre que notre colonie commença par les sentiments instinctifs (par l'imbécillité divine, comme j'ai dit souvent), pour arriver progressivement à cet autre guide : la raison.

C'est l'histoire même des sociétés : l'instinct les a commencées, mais le temps est venu où celles qui veulent encore vivre devront prendre pour guides la raison et la science. Je ne sais cependant si, malgré ces explications, notre colonie eût accepté la qualification que je m'attribue en tête de ce livre étrange. J'ose espérer, toutefois, que le lecteur l'adoptera, car le lecteur ne la peut maintenant prendre en mauvaise part.

Mais il serait plaisant qu'on y vît un trait d'orgueil !

VII

Enfin elle eut lieu cette fédération de notre colonie !
la famille tout entière s'y trouva réunie. Nous fûmes en
tout une trentaine ; on se casa comme on put ; quoique
ce fût en décembre et par un temps très froid, on y réussit
à peu près. La raffinerie nous fut de grande ressource en
cette circonstance ; c'est dans la raffinerie aussi que nous
pûmes établir notre salle de spectacle et de concert.

Qu'on se figure, s'il est possible, la joie des deux
patriarches, des deux fondateurs de cette colonie, en
voyant chacun de ses membres et de ses enfants y produire simultanément son savoir, son talent, depuis les
arts les plus humbles jusqu'aux plus relevés, depuis
l'excellent pot-au-feu, le rôti, les gâteaux exquis de Gorgotine et de Toinette (qui furent acclamés à leur apparition sur la table), jusqu'aux mélodies si pures de Graindorge, jusqu'aux paysages de Froment, jusqu'aux enchantements dramatiques où Droz et Colzette excellaient.

Désir et moi, qu'on nous le pardonne, il nous semblait,
dans cette fête, que nous devenions dieux.

Cette admirable tribu de laboureurs, d'artistes, de
savants, d'industriels, d'habiles et charmantes ména-
gères, c'était notre œuvre à nous, et, pour cela, nous ne
fûmes pas les moins fêtés.

Mais ne voilà-t-il pas que Droz, endiablé dans son art, comme Amédée dans le sien, s'avisa de nous transformer, Désir et moi, en comédiens de circonstance, et, ma foi ! les choses n'allèrent pas trop mal. L'un et l'autre nous disions convenablement le vers comique. Du reste, je pris, quant à moi, un plaisir extrême à ce divertissement. Colzette, par son récit et son jeu, donnait à nos vieux classiques et même à quelques-uns de nos contemporains un tel trait et un tel charme, que l'art dramatique devint à mes yeux le premier, le plus grand, le plus puissant des arts.

— Ah ! que c'est beau les beaux vers, quand on les dit comme toi ! m'écriai-je un jour en embrassant la chère actrice.

Tout le village avait été admis à nos soirées dramatiques et musicales. Et le succès fut véritablement inouï.

Froment, avec ses décors, ne fut pas le moins applaudi de nos artistes. Abeille et François eurent aussi leurs petits rôles dans une des pièces représentées. Quant au révolutionnaire Amédée, il se réserva de faire une conférence, et naturellement il prit pour sujet l'histoire de l'électricité. Applaudissements, bravos de tous les auditeurs, venus au nombre de quatre à cinq cents.

Aux repas, du reste très simples, la famille seule fut admise ; mais quelle joie, quelles conversations, quelles exclamations, quelles réminiscences de tout le passé de la colonie, et avec quelle avidité les enfants écoutaient ! C'est alors qu'étaient heureux, qu'étaient fêtés grands-pères et grand'mères !

Mais, à vrai dire, il n'y avait plus en ce moment parmi nous ni jeunes, ni vieux ; nous nous sentions tous en possession de la vie, de la joie et de la jeunesse pour l'éternité.

Droz eut, dans tout cela, une émotion qui lui fut particulière : seul de nous tous, il n'avait jamais vu la campagne en hiver et se figurait, en vrai citadin, que la nature à cette époque de l'année n'était qu'abomination ; aussi quelle surprise lorsqu'il vit les effets splendides de la neige et du givre dans les grands arbres, lorsqu'il entendit les bruits grandioses du soir et lorsqu'il put contempler la magnificence des nuits d'hiver au milieu de la solitude !

Cette fête, pourtant si simple, mais d'un genre si nouveau à la campagne, ne fut pas un enchantement pour nous seuls, elle charma tout le village, qui véritablement en est resté depuis comme transfiguré, et qui a pris en plus grande estime et plus grande affection que jamais toute notre famille.

Aussi, vous pensez si l'on se sépara avec la promesse et l'ardent désir de renouveler au mois de juin cette solennité.

VIII

SAINFOIN ET LUZERNE

Maintenant que tout est rentré dans le calme, que chacun a repris le travail habituel, peut-être le lecteur fait-il ses réflexions et se prépare-t-il à me dire :

— Voilà, monsieur le patriarche, que vous n'êtes plus jeune, et Désir, si notre mémoire est bonne, est de deux ans votre aîné. Qui pourra donc, après vous, diriger votre colonie en sa partie rurale ? On voit bien qu'en ses parties industrielles et commerciales elle est parfaitement représentée par Amédée et François ; mais vous et Désir, qui vous remplacera ?

— Ah ! lecteurs, que de fois, Désir et moi, nous nous sommes posé cette question ! Mais notre successeur est aujourd'hui trouvé, et le voici à l'œuvre : c'est le plus jeune de nos fils à Gorgotine et à moi. A sa naissance, nous lui avions donné un nom de bon augure et qui semblait le prédestiner aux travaux champêtres : nous l'avions appelé *Sainfoin*. Celui-là, toute sa vie, montra pour la culture une inébranlable vocation. Toutes ses pensées, tous ses désirs, tous ses projets tendaient là : champs, culture, élevage, voilà quelles furent dès l'enfance ses passions. Mais ce n'est pas tout : cinq ans après sa venue au monde, il était né à Désir une fille, que Toinette, en imitation du nom de *Sainfoin*, avait appelée *Luzerne*. Toinette, en donnant ce nom à sa fille, n'avait-elle pas eu quelque autre pensée ? Je n'oserais l'affirmer. Toujours est-il que Sainfoin et Luzerne eurent toujours beaucoup d'amitié l'un pour l'autre, et qu'à l'heure où j'écris, les voilà mariés depuis deux mois.

Nous n'avons pas eu de noce, parce qu'il est dit que la noce se devra confondre en une seule cérémonie avec la fédération de juin, qui doit avoir lieu dans six semaines, car nous arrivons dans peu de jours au quinze mai.

— Enfin ! y penses-tu ? me répétait Désir, nos petits-enfants seront les mêmes, et ma famille portera ton nom ! Ah ! voilà ce que depuis trente ans je rêvais !

Sainfoin et Luzerne n'ont pas eu d'installation à faire à la ferme, qu'ils ont toujours habitée ; il n'y a eu qu'à agrandir un peu la chambre de Sainfoin, dont Gorgotine et Toinette se sont chargées d'ailleurs de compléter l'ameublement.

Sainfoin est d'une activité telle, que Désir et moi pourrions nous reposer ; mais nous ne nous reposons pas : nous savons le travail indispensable à notre existence autant que la respiration, et nous travaillons, heureux et joyeux de n'avoir été jamais encore condamnés au repos, c'est-à-dire à l'ennui, à la paralysie cérébrale ou à la démence. Luzerne aussi pourrait remplacer Toinette et Gorgotine, mais Toinette et Gorgotine, comme leurs maris, ne cèdent à personne leur droit au travail. Il est juste de dire pourtant que l'activité du jeune ménage permet *aux anciens* un peu plus de loisirs, et qu'après tout nous en profitons pour la réflexion, l'étude, la lecture...

Le lecteur maintenant voit bien que la ferme ne menace pas de périr, quand disparaîtront ceux qui l'ont jusqu'à présent dirigée.

IX

LE PETIT MOULIN A BLÉ

Raconterai-je tout de suite notre fédération de juin ? Comment le ferais-je, mes amis ? Cette fédération, à l'heure où j'écris, n'a pas encore été célébrée, et qui sait si je la raconterai jamais ? Nous ne sommes encore qu'au vingt et un mai.

Car remarquez bien que, maintenant, je n'ai plus qu'à noter les événements au fur et à mesure qu'ils se produisent. Ce n'est plus un lointain passé, c'est le présent même que je dois raconter. Cette circonstance changera peut-être le caractère de ces *Mémoires ;* mais qu'y faire ? Ce livre, vous le voyez bien, n'est écrit en imitation d'aucun autre.

Une idée nouvelle est venue, ces jours-ci, à l'esprit d'Amédée : il vient de nous construire un moulin à blé en fonte tout à fait portatif ; pour force motrice, rien autre chose qu'un cheval. Le résultat est parfait. Voilà donc qu'au lieu de porter du blé à la halle, nous y portons d'excellente farine, du son, des recoupes, et tout cela non sans avantage et sans profit. Aussi voyons-nous arriver les commandes de moulins analogues. Amédée, avec son atelier de construction, qu'il a soin cependant de ne pas laisser prendre trop d'extension, augmente notablement l'importance et les ressources de la colonie.

François eut, il y a quelques mois, l'idée d'agrandir la raffinerie ; mais nous lui fîmes très bien comprendre qu'il serait imprudent de nous laisser envahir par l'élément industriel. Amédée, lui aussi, du reste, soutenait avec beaucoup de raison que l'industrie, dans notre colonie agricole, ne devait être qu'accessoire. Et même, selon lui, le temps n'est peut-être pas très éloigné où l'on reviendra aux petits ateliers ; car, enfin, est-il possible que l'Europe entière et le Nouveau-Monde se couvrent d'immenses fabriques, dont quelques-unes suffiraient à encombrer le globe de leurs produits ?

Par exemple, lorsque l'Angleterre seule et quatre ou cinq départements français filaient le coton pour le monde entier, les ateliers immenses, les métiers gigantesques avaient leur raison d'être ; mais aujourd'hui que la Russie file, que la Prusse, la Suisse, l'Italie et l'Espagne filent, pensez-vous que de tels ateliers resteront partout possibles ? Ou bien cette industrie se concentrera chez un seul peuple, ou bien les grands ateliers devront restreindre leurs proportions. Mais on en est encore, à l'heure qu'il est, aux agrandissements... Agrandir la raffinerie serait une imprudence. Ne craignons pas de trop produire en agriculture : la nature, ici, sert de régulateur, et le trop n'y est pas possible. Dans l'industrie, au contraire, l'exagération du produit et, par suite, l'encombrement du marché, sont un danger permanent, où l'avidité et l'irréflexion poussent le fabricant. Le cultivateur est préservé de ces folies.

Ainsi parlait Amédée, et je suis, sur ce point, de son avis. Voilà pourquoi nous tâchons de mettre un frein chez nous à l'élément industriel. En revanche, nous augmentons autant que possible la partie agricole. En mariant Sainfoin et Luzerne, nous avons donné à chacun sa petite dot, et, des deux sommes réunies, une fort belle pièce de terre acquise en leur nom vient d'être ajoutée à la ferme, devenue ainsi la plus considérable du département.

X

Le lendemain du jour où j'achevais d'écrire le chapitre qui précède, une herse me tombait sur la jambe, et je viens de garder la chambre quatre semaines. Pendant ce temps, Amédée a continué de construire ses petits moulins pour satisfaire aux commandes qui lui étaient venues. Sainfoin et Luzerne, avec Désir, Gorgotine et Toinette, ont dirigé, surveillé, aidé de leur présence et de leur concours la récolte des foins ; François s'est préparé pour la prochaine campagne sucrière ; mais, moi, qu'ai-je fait sur ma chaise ? J'ai lu, relu, parcouru cent volumes, et même des volumes de poésie, car Droz et Colzette disent si bien les vers, qu'ils m'ont réconcilié, au moins en partie, quant à la forme, avec quelques-uns de nos poètes contemporains. Je dis *quant à la forme*, car, pour le fonds, je ne puis excuser leur insuffisance à la plupart, leur ignorance, leur insanité volontaire.

Heureusement, j'avais à ma disposition quelques volumes de vulgarisation scientifique, et je pus voir que, de ce côté-là, le progrès, depuis trente ans, est incontestable. Les récits de voyage (et quelques-uns excellents) se sont aussi multipliés. Quel siècle, en effet, devait, plus que le nôtre, élargir sa littérature de ce côté-là ? Le public entier est en train de découvrir le globe, non pas seule-

ment en sa superficie, mais dans ses profondeurs les plus
cachées. Le fond des mers a été mis sous nos yeux ; nous
avons commencé d'entrevoir la flore sous-marine et le
monde immense des poissons. Les enfants de douze ans
savent aujourd'hui, sur tout cela, quantité de choses dont,
il y a quarante ans, beaucoup d'hommes instruits ne se
doutaient pas.....

La vulgarisation ne s'en est pas tenue à la découverte
du globe que nous habitons. On nous a décrit les autres
planètes ; on a fait, dans de savantes leçons, sous les yeux
du public, l'analyse chimique du soleil. Nous avons vu,
grâce au télescope, des mondes en formation, et les des-
sins, les photographies qui reproduisent ces scènes grandioses sont aujourd'hui partout. Avec le microscope, nous
avons saisi les êtres organisés en leur apparition première,
et nous avons vu là se reproduire quelques-uns des phénomènes observés dans la formation des mondes.

L'étude de l'anatomie comparée, de l'anatomie micros-
copique, de la physiologie, nous a donné l'ensemble, la
chronologie, la loi d'unité et la marche de la nature. Des
témoignages géologiques, venus de profondeurs historiques et anté-historiques incalculables, nous ont éclairé
tout à coup nos propres origines. Evidemment, tout cela
donne à notre siècle un caractère de grandeur, de sagesse,
d'infaillibilité, de puissance, dont aucun siècle n'a jamais
approché, et qu'on ne pourrait nier ou méconnaître sans
impiété.

Fermons les yeux, je le veux bien, sur les personnalités
insuffisantes, corrompues ou malsaines qui, follement,
ont essayé de diriger le monde ; oublions les noms propres,
ne voyons que les faits accomplis : l'affranchissement
général des esprits ; la liberté, l'égalité, la justice pro-
clamées chez presque tous les peuples ; les torrents de

lumière jetés sur l'univers entier ; la connaissance de la nature approfondie comme on ne pouvait espérer de le faire jamais ; distances supprimées ; mise en communication instantanée de tous les peuples entre eux ; possibilité pour l'homme de traverser les continents, les mers, les montagnes, les déserts, plus sûrement et plus vite que les oiseaux voyageurs.

Aurons-nous vu tout cela s'accomplir sous nos yeux en moins d'une vie d'homme, pour en arriver à conclure que ce siècle est petit ?

Ah ! la petitesse, elle est dans nos habitudes, non encore réformées, de suivre les vieilles routines. Nous sommes en tout ce que nous avons été dans la question des chemins de fer. Le moyen nous était donné par la science de voyager dans des maisons et des palais. De quoi s'avisa-t-on ? De placer sur la voie nouvelle des voitures imitées, pour la grandeur et la forme, de nos anciennes *diligences*. Et, depuis trente ans, nous nous tenons intrépidement enfermés dans ces boîtes.

Par bonheur, les Américains commencent à comprendre qu'il convient de placer sur leurs rails autre chose que nos vieilles pataches, aussi voyez leurs wagons actuels !

Combien de temps, en philosophie, en politique, en administration, resterons-nous dans les vieilles voitures ? On ne le saurait dire...

La science, depuis quatre-vingts ans, a si vite transformé les choses, que la cervelle humaine n'a pu suivre. L'hébêtement héréditaire a tout entravé. Nos malheureux pères ont été tenus dans un tel état d'étroitesse, d'inaction cérébrale, d'éducation baroque, que, subissant la dure loi de l'atavisme, nous n'avons pu être complètement les hommes du nouveau monde.

Les individus, les peuples et les nationalités sont, à

cette heure, au-dessous des circonstances. Autrefois, au contraire, il arriva souvent que les individus et les peuples devancèrent leur temps. Voilà pourquoi nous paraissons petits auprès d'eux. Ils dominaient, activaient, dirigeaient les progrès de leurs contemporains ; aujourd'hui, ces progrès sont tels, qu'individus et peuples en sont étourdis, affolés, décontenancés.

Cependant le monde, dans son ensemble, n'a jamais présenté un plus magnifique spectacle, et jamais il ne fut offert au contemplateur désintéressé un tel sujet d'allégresse et de joie.

Je m'étonne qu'un grand poète comique n'ait pas su encore mettre à profit ce spectacle. Un *poète comique !* Est-ce bien là, pourtant, ce qu'il faudrait ? Et moi-même ne suis-je pas pris ici aux influences du passé ? Le sentiment *comique* répond-il bien à ce que je demande ? C'est moins la gaîté, en effet, que je voudrais voir exprimée dans une œuvre d'art qu'un sentiment de sérénité, de sécurité et de joie supérieure.

Les gaîtés de la comédie ont, sans doute, et auront toujours leur place en ce monde ; mais ce que je conçois en ce moment est autre : je voudrais qu'au rire produit par les quiproquos, les malentendus, les drôleries et les ridicules de ce monde, s'ajoutât la joie calme, élevée, d'un esprit attentif aux grandeurs, aux beautés, à l'harmonie, au développement éternel de l'immense univers !

Sur quel visage voyons-nous briller ce majestueux sourire d'une âme à qui les sciences ont montré combien la nature est divine ?

Ah ! vous pleurez, bonnes gens, de ce que la science tend, dites-vous, à montrer que le monde n'est pas sorti d'un miracle ; mais au lieu de pleurer, riez donc en voyant que le monde est lui-même un miracle !

Vous croyez la science contraire aux anciens instincts ; elle en est la continuation et le complément : sans doute, sur beaucoup de points, elle a dû voir autrement en voyant mieux ; mais, sur d'autres aussi, elle n'a fait que confirmer, poursuivre et développer leur œuvre.

. . . .

— Mais les mœurs de ce temps, monsieur le philosophe, que nous en direz-vous ?

— Rien, sinon que, sur ce point, nul siècle ne me paraît avoir été supérieur au nôtre ! Eh ! je n'ignore pas les turpitudes, les horreurs contemporaines ; mais, en quel temps n'en vit-on pas de semblables, en quel temps n'en vit-on pas de pires ? N'oubliez jamais ce fait, qui, dans sa nouveauté et dans son but, caractérise parfaitement nos sociétés modernes : le dix-neuvième siècle a créé les phares, les phares destinés au salut de tous les navires, à quelque nation qu'ils appartiennent, tandis que nos pères allumaient des feux au milieu des écueils, dans le but horrible d'y attirer et de voir s'y perdre les navigateurs ; ils avaient même inscrit dans leurs codes le hideux *droit d'aubaine*. Eh bien ! connaissez-vous, à l'heure qu'il est, en Europe, un seul peuple capable de ces infamies ?

Voilà donc à quelles réflexions m'avaient conduit ces quatre semaines de lecture. J'avais à ma disposition, outre les poètes (importés par Droz et Colzette), des philosophes, des polémistes, des économistes (importés par Amédée) ; j'avais aussi des historiens, et parmi ceux-là, je l'avoue, quelques-uns m'ont vivement ému, et j'y ai puisé de nouveaux motifs de respecter notre âge !

— Eh ! quoi ! vous admirez ce siècle ! Mais les coquins, les scélérats, les niais, les ignorants, les affreux hypocrites ; ne les avez-vous point vus ?

— Oui, je les ai vus s'agiter par cents et par mille ;

12

mais j'ai réussi à me faire chez moi une société loyale, intelligente, instruite, que j'ai vue prospérer, se développer et se perfectionner toujours. Comment me plaindrais-je et comment pourrais-je (chers amis, j'ai soixante-dix ans) me décider à vous quitter avec une figure maussade et rechignée ?

O conscience ! est-ce ainsi qu'on doit prendre congé ?

Telles furent mes pensées pendant que ma jambe de jour en jour se rétablissait, et pendant qu'autour de moi j'entendais Gorgotine, Toinette, Abeille, raisonner des dispositions à prendre pour la fédération de juin, qui tout à l'heure allait avoir lieu. Des lettres nous étaient venues de Paris, et la famille y devait être au complet, avec promesse de grandes nouveautés. Je pus heureusement, deux jours avant la fête, recommencer à marcher.

Les lectures, les réflexions que je venais de faire, l'espoir de revoir dans quelques heures nos enfants, et de les revoir cette fois encore rayonnants de leur art et de leur talent, le bien-être que j'éprouvais à recouvrer l'usage de ma jambe, la douce sensation des premières promenades, après un mois d'immobilité, la vue de nos champs plus beaux et plus riches que jamais, tout cela me plongeait dans une félicité indicible et je.....

LES MARIONNETTES

Bon ! nous n'attendions les enfants qu'après-demain, mais Froment tout à l'heure arrive bruyant et joyeux ; il a devancé les autres de quarante-huit heures, pour se donner le temps de disposer un nouveau décor préparé à Paris.

Grande joie de cette surprise !

Le dîner s'est passé en récits, en brusques interruptions, en exclamations désordonnées et en éclats de rire.

Cependant, mes quatre semaines de lecture me bourdonnant encore dans la tête, j'amenai la conversation sur l'état des esprits, et nous en arrivâmes à parler art, science et littérature. Froment était lui-même un lecteur passionné et intelligent.

— Père, dit-il, tout se prépare pour un complet renouvellement des choses, renouvellement que les découvertes scientifiques ont rendu inévitable en nous conduisant à une conception nouvelle de l'univers. Cette conception, en effet, nous enlève absolument aux anciennes idées dont la Révolution elle-même n'avait su se dégager. La Révolution mit les esprits en liberté, et vous savez si, pendant cinquante ans, notre littérature a battu la campagne ; ce fut le règne de la fantaisie à outrance. Aujourd'hui, nous rentrons dans le réel ; en tout art on retrouve des symptômes de cette transformation, mais nulle part autant que dans la littérature.

Les plus célèbres, les plus populaires, les plus puissants de nos fantaisistes, poètes et romanciers, sont maintenant délaissés : les plus avisés ont commencé de suivre le mouvement ; quant aux autres, voyez à quel point ils pataugent ! Pour moi, je suis en admiration tous les jours devant leur dégringolade. Pourtant, quelques bonshommes de 1830...

Eh ! merci, dis-je, j'ai l'honneur d'être de ces bonshommes !

— Toi, père ! allons donc ! Il n'y a pas au monde un esprit plus jeune. Eusses-tu cent ans que jamais, tu ne seras de ces gens-là.

— Ainsi soit-il !.... Mais continue, je suis heureux, très heureux de tout ce que tu nous apprends.

— Je disais donc que les vieux de 1830 crient à la décadence, ne comprenant pas (et cela par ignorance !) combien la réalité l'emporte en grandeur, en magnificence, en variété, en charme, sur toutes leurs fantaisies et imaginations.

— Comment donc, toi, as-tu si bien compris ça ?

— Parce que vous nous avez ici toujours nourris de réalité, parce que dès l'enfance nous n'avons eu pour maîtres que nature et raison.

La conversation dura une demi-heure sur ce ton, et puis les enfants d'Amédée, de François, de Sainfoin, ayant envahi la salle, il fallut bien qu'on s'occupât d'eux et qu'on les fît assister au déballage des décors.

Mais une grande nouveauté avait été annoncée. Or, cette nouveauté, c'était un théâtre de marionnettes, que Froment manœuvrait à ravir. Ses acteurs, qu'il taillait, sculptait, enluminait et habillait lui-même, représen-

taient en charge toutes nos célébrités contemporaines.
Nous l'aidâmes à les tirer de leur boîte. Vous devinez si
les enfants s'en donnèrent à cœur joie. Il n'y eut pas de
repos pour Froment qu'il n'eût, séance tenante, monté
son théâtre et joué quelque scène préparatoire, en attendant les grandes comédies du lendemain. Nous assis-
tâmes donc à un petit dialogue qui causa des transports
de joie aux plus jeunes spectateurs, et qui, je vous l'avoue,
amusa beaucoup même les plus vieux.

Nous passâmes à ce spectacle une partie de la nuit, les
enfants l'y eussent volontiers passée tout entière.

Ah ! quelles joies on se promettait pour les jours sui-
vants !

XII

LES DÉTAILS DE LA FÊTE

A l'heure où j'écris, voilà quinze jours que tout est fini. Mais quelle fête ! quelle joie ! quels triomphes ! quels enchantements ! qui saurait les décrire ? Tous les âges y prirent part avec un égal enthousiasme. Quinze cents spectateurs, cette fois, étaient venus du dehors ; car nos divertissements, pour la plupart, en ce beau mois de juin, eurent lieu en plein vent. Amédée fit sa conférence au bord de la rivière et prit pour sujet : *Culture de l'Eau et Culture par l'Eau ;* renseigné par Désir, notre cressonnier-pisciculteur-arroseur de prairies, il avait très bien étudié la question. Mais le beau de la fête, ce fut encore la musique et la comédie, d'autant que tout le monde s'y surpassa. Jamais troupe, je pense, ne joua avec tant de verve. Colzette fut ravissante de finesse et d'esprit. Droz aussi s'était perfectionné, surtout par la sobriété du geste. Le nouveau décor de Froment, qui représentait un carrefour du vieux Paris, était une merveille, et puis la comédie eut pour ouverture une symphonie de Graindorge très bien exécutée par Droz, qui était un habile pianiste.

Ajoutez : courses à cheval et à pied dans les bois, bal champêtre, jeux de boule et de quilles. Le théâtre des marionnettes donna quatre représentations, au grand divertissement de tous les bambins du pays, accourus à la fête sans y manquer, non plus que leurs parents.

Les repas, comme à la première fête, furent très simples ; car il importe de noter qu'en tout ceci nous faisions peu de frais. Rien n'est moins dispendieux que le vrai plaisir.

Nous eûmes cependant, par le fait de Colzette, une dépense imprévue : le deuxième jour, au dessert, elle nous fit ce petit discours :

— Nous voilà réunis au nombre de presque quarante, tous en train de bien vivre ; mais qui sait si plus tard quelqu'un d'entre nous ne tombera pas dans la pauvreté ? Je propose donc qu'ici, à chaque fête, on place sur la table la tirelire du futur pauvre, où chacun déposera son offrande, ne sachant pas si, pour l'avenir, il ne se vient pas en aide à lui-même.

— Bien ! ma chère enfant ! m'écriai-je.

Et savez-vous quelle somme fut pour cette première fois réunie ?... Deux mille cent quatre-vingt-dix-sept francs !

Amédée, tout ému, répétait :

— C'est parfait, ma cousine ; grâce à vous, grâce à votre bonne idée, nous pourrons éviter même la peur de la pauvreté.

— En cinq années, fit Désir, nous aurons, en continuant comme aujourd'hui, plus de vingt mille francs.

— Ne voilà-t-il pas, reprenait Froment, une chose admirable de voir que, parmi nous, le futur pauvre puisse être le futur riche !

— Bravo ! cent fois bravo ! s'écriait Graindorge, c'est une banque de famille ! et nous voilà préservés de cette vilenie de la thésaurisation personnelle !

— Oui, disait Amédée, nous formons une société de secours mutuels. Ah ! quelle heureuse idée !

Et moi, je repris :

— Ah ! quel heureux instinct de femme !

— Idée ou instinct, disait tranquillement Désir, qu'est-ce que ça fait, quand la chose est si bonne ?

DERNIÈRE REPRÉSENTATION

Le lecteur peut remarquer que, dans cette deuxième fédération, il a été, plus que la première fois, tenu compte des enfants. Les marionnettes, que Froment avait organisées pour eux, eurent, on l'a vu, le plus grand succès. Quatre représentations de deux heures chacune n'avaient fait qu'accroître l'enthousiasme et la curiosité.

Froment avait remballé dans leur boîte ses bonshommes, et nous ne pensions plus les revoir ; mais à notre grande surprise, au dernier jour, voilà que nous le vîmes remonter son théâtre, et d'une autre boîte il tira une vingtaine de nouveaux personnages mystérieusement enveloppés. Il ne fut permis à personne de les voir avant la représentation.

Jugez de la surprise au lever du rideau ! Le décor représentait la cour de la ferme : au fond, la maison, et sur les côtés, granges, écuries, étables. La porte de la maison s'ouvre et l'on en voit sortir, en blaude, en sabots, en bonnet de laine, une bêche à la main, Lagorgote lui-même, suivi de Désir. Les bonshommes étaient si ressemblants, et Froment, sous le théâtre, en les faisant manœuvrer, imitait si bien leur voix, leur démarche, leurs gestes, que l'illusion fut complète, et qu'il se mêla aux rires un peu d'émotion et d'attendrissement.

Cette apparition soudaine de Lagorgote nous avait tous saisis.

Désir, qui n'en revenait pas de se voir reproduit sur la scène de façon si parfaite, me disait :

— Est-ce assez bête ! j'ai envie de pleurer.

A la fin, pourtant, les éclats de rire l'emportèrent ; car, vous le pensez bien, mon tour arriva, et celui de Gorgotine avec Toinette suivies de leurs dix enfants. Nous étions tous si drôles avec nos têtes de bois, bras et jambes articulés, les yeux fixes et le cou raide, que nous nous faisions peur en nous faisant rire.

C'était la comédie de la ferme, ou plutôt c'en était la charge parfaite, que Froment, avec ses marionnettes, avait imaginé de reproduire devant nous. Personne n'y fut oublié, pas même le pauvre Gorgotin, que l'on vit, au milieu des flammes, nous prendre tous pêle-mêle et nous jeter par la fenêtre, la tête en bas, avec cette mirobolante recommandation : —Mes enfants, prenez garde de casser vos sabots !

Chacun des personnages avait conservé son vrai nom ; il n'y eut d'exception que pour moi, à qui Froment restitua le petit nom que, dans mon enfance, m'avait donné mon père. Et ce nom eut un succès fou lorsqu'on me vit faire mon entrée, coiffé d'un grand chapeau porté un peu en arrière, et qu'on entendit Lagorgote, en me regardant, s'écrier : *Quel ouvrage !*

Jamais, sur aucun théâtre, je n'ai vu pareille frénésie d'applaudissements et de rires.

Mais la scène finale mit le comble à tout. On y voyait Désir, avec son galoubet, faisant danser à toute la colonie une gigue où nous sautions à la hauteur des toits.

XIV

OU JE CONTINUE MON RÔLE

Ces fêtes nous mirent en réputation dans le pays plus que n'avaient pu faire quarante ans de vie honnête et laborieuse. L'effet produit fut tel, qu'une élection générale devant avoir lieu, on voulut absolument me nommer député. Malgré l'insistance et l'éloquence (assez creuse et verbeuse) des délégués qui vinrent m'offrir cette candidature, j'osai ne la pas accepter.

— Eh bien ! dirent-ils (après un long débat), nous ne partirons pas d'ici que vous-même n'ayez désigné quelqu'un de votre colonie qui puisse accepter le mandat au lieu de vous.

Sur ce point encore je voulais m'abstenir, ne croyant pas l'heure venue pour nous de jouer aucun rôle public.

Mais, cette fois, il me fallut céder ; je répondis donc qu'Amédée paraissait, de nous tous, le mieux préparé au mandat de député.

L'élection, quelques jours après, avait lieu ; Amédée fut nommé.

Je dois dire que lui-même, avant d'accepter la candidature, il eut contre mon persistant refus de tout rôle officiel une belle sortie :

— Je vois maintenant, mon oncle, à quel point vous êtes resté homme d'instinct. La science, l'expérience n'y font rien : le paysan en vous l'emporte sur tout le reste ; le rôle de citoyen vous effraie, vous voulez être gouverné !

— Oh ! que non pas, mon neveu ! je n'ai rien tant à cœur, au contraire, que de n'être plus gouverné du tout, pas même par messieurs les révolutionnaires.

En revanche, j'entends aussi ne pas gouverner les autres, et voilà pourquoi tu ne me verras entrer dans la politique qu'au jour (trop éloigné pour moi) où elle ne consistera plus à gouverner les hommes par millions à la fois. Un petit groupe à administrer, conseiller, diriger, je le conçois : mais des nations entières !... Pour des peuples restés à l'état de troupeau, ce système est peut-être raisonnable, et, dans ce cas, il suffit d'un berger. Mais chez les peuples libres et vraiment éclairés, un titre supérieur à celui de père de famille ou de patriarche d'une colonie me paraît hors de nature, ou tout au moins hors de ma nature à moi. C'est donc un tort que de vouloir me l'imposer... Accepte la candidature ; je te promets ma voix, et, si tu le veux bien, en ma qualité d'oncle, en ma qualité d'électeur, je te donnerai mes conseils.

Amédée, je l'ai dit, fut élu, et le jeune député est en ce moment à Paris, où il se plaît beaucoup, ainsi que le témoigne la lettre suivante :

XV

LA LETTRE D'AMÉDÉE

Cher oncle,

Il n'y a pas deux mois que j'ai quitté la ferme ! mais, en ces deux mois, que de choses apprises ! car Paris, pour qui veut s'instruire, est une école incomparable. Je ne pense pas qu'il y ait un lieu analogue actuellement sur le globe.

Parmi les nouveaux députés mes collègues, j'ai distingué quelques hommes de très grand mérite, et bonne part des autres me paraissent bien intentionnés.

De mes conversations avec une cinquantaine d'entre eux, il résulte que la France, plus développée qu'aucun autre peuple par sa capitale, est en arrière des autres par ses provinces. Enlevez-nous Paris, nous voilà tout de suite le plus arriéré des peuples.

L'excès de centralisation a produit cette anomalie. Mais les provinces tenues habilement isolées du mouvement moderne et refoulées dans l'ignorance n'ont pas pour cela perdu la faculté d'apprendre ; que les circonstances redeviennent favorables à leur éducation, on les verra très bien se mettre au pas.

Il n'y a donc guère à s'alarmer de ce côté-là ; d'ailleurs, il me semble que Paris seul suffirait à transformer le monde.

L'esprit scientifique, vraie force des sociétés modernes, n'est nulle part plus hardiment représenté qu'ici. Et quels progrès de ce côté se sont réalisés seulement depuis mon installation à la colonie !

Si vous lisez les journaux, vous aurez pu voir combien la nouvelle assemblée est supérieure à toutes les précédentes ; mais les comptes-rendus, les résumés les mieux faits, et même la reproduction *in extenso* des séances ne peuvent donner de son esprit, de ses tendances (très bonnes) qu'une idée incomplète ; il faut, pour bien apprécier une grande assemblée, la voir en dehors des séances publiques, dans les réunions préparatoires, dans les commissions, dans les conversations de couloir et même de buvette.

Eh bien ! si vous êtes à peu près content de ce que vous montrent les journaux, vous le seriez tout à fait de la réalité vue de près.

P.-S. J'ai dîné hier avec Froment chez Droz et Colzette ; il y avait les deux fils de votre ancien ami Édouard, qui m'ont beaucoup plu. Tous deux, professeurs dans le même collège, venaient d'être reçus docteurs ès-sciences ; — ils ont dû vous l'écrire.

Après le dîner, nous sommes allés à la Comédie-Française. Ah ! que vous auriez été heureux des applaudissements que nous y avons entendus, et auxquels Froment et moi, dans notre enthousiasme, nous avons pris part de toutes nos forces. Le talent des chers enfants gagne en naturel tous les jours. Demain dimanche nous visitons le Musée du *Louvre*, où Froment, lui aussi, avec ses paysages, fait, dit-on, très bonne contenance ; je vous en dirai mon avis. A bientôt ! L'incluse pour Désirée.

Tendresses, poignées de main, amitiés à tous.

XVI

MA RÉPONSE

J'avais cette lettre depuis quelques jours et j'allais y répondre, lorsque tout à coup François et Sainfoin se mirent à pousser des cris insensés..... Voici quelle en était la cause.

Devenus l'un et l'autre, depuis quelque temps, grands lecteurs de journaux, ils venaient d'apercevoir le premier discours d'Amédée.

Je les vis, de la bibliothèque où je m'étais installé, accourir comme des forcenés. Désir, Gorgotine, Toinette, Abeille, Désirée, Luzerne et leurs enfants, les avaient suivis ; Sainfoin lisait en déclamant le discours d'Amédée. Il s'agissait de l'organisation de l'enseignement scientifique dans les écoles primaires. Rarement les assemblées politiques ont entendu des paroles aussi sages. La question de l'enseignement public recevait de notre électricien son véritable programme. Tout cela tiré de raisons historiques et philosophiques, ou plutôt scientifiques, car il n'y avait, pour Amédée, d'autre philosophie que la science.

Je laissai Sainfoin achever sa lecture ; mais, quelques heures plus tard, je relus seul attentivement ce premier discours d'Amédée, et le soir je lui écrivis :

Mon neveu,

La colonie tout entière t'envoie ses félicitations et ses remercîments. Voilà qui est parlé en homme ! Je n'avais jamais si nettement compris en quoi consiste le progrès accompli de nos jours. Le monde, tu l'as très bien dit, a vécu jusqu'ici d'instinct, et sur l'instinct avaient germé toutes les croyances, toutes les civilisations. Mais nous passons aujourd'hui d'instinct à raison, d'inspiration à vérification, et, par ce développement nouveau, nous nous élevons définitivement au-dessus de l'animalité. L'instinct sert de guide à tous les êtres vivants. L'homme seul devait atteindre à la science. Et voici que nous y arrivons.....

Mais cette entrée de l'humanité dans une phase nouvelle semble devoir être aussi le signal de malentendus et de luttes formidables... La bataille est engagée entre la civilisation instinctive et la civilisation scientifique.

La mêlée pourrait durer des siècles, que l'issue n'en serait pas douteuse : l'instinct sera, non pas détruit, mais subalternisé. C'est une erreur de croire sa destruction possible. Une faculté supérieure s'ajoute à nos facultés primitives ; mais sans plus les détruire que ne furent détruites dans la matière les propriétés physiques, lorsque s'y ajoutèrent les propriétés chimiques, et pas plus que ne furent détruites à leur tour les propriétés chimiques lorsque la matière, s'élevant d'un nouveau degré, atteignit à la vie organique. Eh bien ! aujourd'hui l'esprit de l'homme s'élève d'un degré au-dessus de l'instinct ; mais l'instinct, pour cela, n'est pas supprimé : il ne descend même pas d'un degré, il garde sa place, mais cette place n'est plus la première. Une faculté supérieure vient s'ajouter à lui. Malheureusement l'instinct, loin de reconnaître et de saluer son maître, le renie et le repousse. Aussi, à l'heure qu'il est, instinct et raison ne cherchent qu'à s'anéantir réciproquement, alors que l'un et l'autre sont impérissables. Je te félicite d'avoir conservé à l'instinct sa place, d'avoir même laissé parfaitement entrevoir que des races entières paraissent incapables de s'élever au-dessus de cet état mental, et qu'une majorité immense ne connaît pas encore d'état supérieur, que même, nombre de malheureux ne peuvent se tenir à ce niveau et tombent abrutis, dévoyés, sans lumière, sans guide en ce monde.

Mais ceux qui s'élèveront au-dessus de l'instinct ne seront pas, pour cela, soustraits à ses lois, pas plus que les êtres organisés en s'élevant à une loi supérieure aux lois physiques et chimiques (en admettant que cette loi supérieure n'ait pas toujours existé) n'ont pu se soustraire aux lois inférieures, dites physiques et chimiques, du moins en ce qui constitue leur cercle d'action. L'oiseau s'élève dans les airs : échappe-t-il pourtant aux lois de la pesanteur ? et l'ascension de l'aérostat est-elle une négation de ces mêmes lois ? Elle en est, au contraire, la confirmation.

L'instinct donc ne sera pas détruit, il sera dépassé.

La puissance, la grandeur de l'homme sont désormais dans la science. La science est, en effet, la vraie caractéristique du *règne humain*, que quelques classificateurs ont imaginé par faiblesse et qu'il eût été mieux de proclamer par audace.

Il faut dire encore en faveur de l'instinct (dont j'ai vécu, dont l'humanité tout entière a vécu si longtemps) que chez l'homme il s'est élevé souvent jusqu'au sentiment de justice et parfois jusqu'à la raison. Dès la plus haute antiquité historique, les grands penseurs eurent même le pressentiment d'une ère scientifique. La fin du dix-neuvième siècle sera l'aube naissante de cette ère, en quoi le siècle de réédification qui doit suivre sera tout l'opposé du dix-huitième siècle, qui fut la débâcle de l'ancien monde, débâcle que nous avons vue et voyons se continuer. Tu n'as pas dit précisément cela dans ton discours, et tu as bien fait, n'ayant à traiter que la question politique ; mais moi, qui me plais à chercher entre les lignes, je l'y trouve, j'en fais mon profit et je t'en remercie.

J'ajoute, en ce qui me concerne personnellement, que ces deux éléments, instinct et science, se sont pendant cinquante ans combattus dans ma cervelle sans qu'à peine j'aie pu distinguer l'un de l'autre, sans que j'aie songé à les séparer et mettre chacun à sa place.

Quant à la méthode nouvelle de classification scientifique, quant à la philosophie qui devait résulter d'une nouvelle conception du monde, Édouard et moi, dans nos conversations, nous l'avions autrefois pressentie et presque formulée, mais il a fallu le temps, l'étude, le spectacle des événements et l'étincelle électrique que tu as fait jaillir, pour que tout cela devînt clair et palpable à notre colonie. Sans cela nous restions étrangers *instinctivement* à la vie publique, tandis qu'*en bonne conscience* notre heure allait sonner d'y prendre part.

Nous y voilà, grâce à toi, parvenus et tout est bien de ce côté, car personne mieux que toi ne pouvait nous représenter dans une assemblée législative. Tu as la jeunesse, le calme, le courage. Bravo ! mille fois bravo, mon neveu !

XVII

UN AUTRE PHILOSOPHE

Poste pour poste, je reçus d'Amédée une lettre nouvelle :

Il éprouvait, disait-il, la joie la plus vive des félicitations venues de la colonie ; mais je le faisais, dans mes lectures entre lignes, plus favorable à l'instinct qu'il ne l'est véritablement : « Car, s'il vous plaît, de quoi est composé l'instinct ? « d'où vient-il ? quelle est sa base « de certitude ? et..... »

— Tarlatata ! s'écria Désir, à qui je lisais la lettre d'Amédée ; laisse causer ces causeurs, puisqu'ils causent si bien ; mais ce qui les inspire et les guide à leur insu, c'est encore l'instinct..... Le plus instinctif aujourd'hui d'entre nous, ce n'est ni toi, ni moi, ni le dernier bébé de Luzerne, c'est Amédée. Un instinct mystérieux et puissant lui fait trouver, à lui et à quelques autres penseurs contemporains, le système qui répond le mieux aux nécessités actuelles du monde, celui qui peut le mieux pousser les peuples à une action féconde. Qu'on l'appelle instinct ou raison, ça m'est égal, mais je sais bien que le foyer de vie, en ce moment, est là. Si pourtant on me demandait mon avis, à moi, sur ces deux facultés : instinct et raison, je dirais que la raison n'est qu'un instrument de l'instinct,

instrument qui s'est, de siècle en siècle, perfectionné ;
si.....

— Sais-tu, mon vieux Désir, que tu es un grand philosophe ?

— Je le sais si bien, que je ne me suis jamais mêlé
d'autre chose que de cultiver la ferme.

LES PENSÉES DE DÉSIR

Désir, en cultivant la ferme, s'était aussi fortement cultivé lui-même. Par la lecture ? Non. Peu d'hommes ont vécu moins dans les livres ; mais un milieu éclairé, une heureuse mémoire, une grande attention aux choses, un esprit observateur et pénétrant, beaucoup de sens pratique, avaient fait de lui, à la longue, un homme fort instruit à sa façon, fort original et parfois aussi un peu paradoxal. C'est ainsi que souvent il disait que, dans une société où la science serait chose usuelle et familière, comme chez nous, l'école deviendrait inutile.

Il n'y a, disait-il encore, de fécond enseignement que par la parole et l'action.

Quel recueil on ferait des *pensées de Désir ;* J'y songe quelquefois...

Mais les pensées parlées, chez un tel homme, ne traduisent qu'imparfaitement son âme. Ses plus fortes, ses plus fécondes pensées s'expriment non par la parole, mais par l'action.

Il me disait un jour :

— Je ne vois pour l'homme que cinq occupations : mettre en action sa pensée, la parler, l'écrire, la chanter ou la peindre ; mais quand on n'en a qu'une, la première n'est-elle pas encore la meilleure ?

C'est, en effet, là que le digne homme a mis tout son art.

C'est là que l'ont mis autour de nous Gorgotine, Toinette, François, Désirée, Abeille et tous les autres.

Ah ! les chers, les grands, les excellents artistes !

XIX

OU L'AUTEUR EST INTERROMPU

Pour moi, j'aurai été dans les mixtes, car si j'ai beaucoup mis en action ma pensée, comme dirait Désir, je l'ai aussi passablement parlée ; et j'essaie, dans ce livre, quelquefois de l'écrire.

. . . .

. . . .

. . . .

. . . .

. . . .

. . . .

Ici le manuscrit était interrompu. Quelques mots suffiront à le compléter.

Celui qui l'a écrit disait quelquefois, en souriant, que sa naissance et sa vie tout entière avaient été si faciles, que sans doute sa mort le serait aussi.

La prophétie se réalisa : il mourut, comme sa mère était morte, pendant son sommeil, après une soirée calme et gaie.

Il venait d'entrer dans sa soixante-dix-huitième année.

Gorgotine ne lui survécut qu'une année environ.

Mais à l'heure où ceci s'imprime, Désir et Toinette, tous deux octogénaires, sont encore pleins de verdeur.

La colonie, en sa partie agricole, est toujours dirigée et très bien dirigée par Sainfoin et Luzerne.

François donne ses soins comme autrefois à la sucrerie, puis il surveille l'atelier de construction en l'absence d'Amédée.

Quant à celui-ci, le voilà devenu un des premiers orateurs politiques de ce temps, non peut-être un des plus éloquents, mais un des plus sensés. Il a trop l'art de la politique pour ne mettre cet art qu'en paroles...

La colonie est restée florissante et gaie. Les fédérations s'y continuent deux fois chaque année ; et c'est alors qu'on s'y rappelle avec bonheur ceux qui ne sont plus, mais qu'on y croit voir et entendre toujours, et dont la pensée vivifie ce domaine.

Les marionnettes, plus que jamais, font les délices des enfants.

La science et les arts, dans toute la contrée, grâce à ce foyer, sont devenus le commun patrimoine ; et nulle part on ne trouverait une population plus heureuse.

Un vieillard du pays disait :

— Les maîtres de cette ferme ont grandi et fleuri comme les arbres, parce qu'il était dans leur nature de grandir et fleurir, et parce qu'ils ont suivi docilement et doucement la loi de leur nature.

La loi de leur nature était, en effet, de toujours acquérir en savoir, en expérience, en richesse, en libre expansion, en puissance, en bonheur... Ils ont suivi cette loi.

Le progrès était leur destinée, et leur destinée s'est accomplie.

L'humanité s'est montrée chez eux à son état normal, à son état vrai et sain.

Mais que de maladies encore, que de déviations, quels arrêts de développement partout ailleurs la dénaturent, la mettent hors de ses voies, si simples pourtant !

Les philosophes, dans tous les pays (ne voyant que malades), ont pu dire que le monde est triste ; leur conclusion ici serait autre.

Ce que seront dans un demi-siècle la ferme et ses habitants, personne ne peut le prévoir ; mais, hélas ! peut-on mieux prévoir ce que seront la France et l'Europe.

Tout au moins il restera de cette colonie une légende lumineuse et sereine...

Dans cette légende, il y a pour tous quelque chose à puiser : les enfants mêmes y trouvent ce qui charme leur âge, l'éclaire et le fortifie.

Avoir été quelques jours témoin de cette vie patriarcale, laborieuse, attentive aux révélations scientifiques, c'était pour l'âme un réconfort. On ne doutait plus, en présence d'un tel spectacle, ni de la nature, ni de l'homme, ni de sa perfectibilité, ni de ses destinées.

En entendre seulement parler est encore un bienfait.

Le vieux paysan qui disait si bien que la colonie a poussé comme poussent les arbres avait grandement raison ; aussi avait-elle été, cette colonie, féconde autant que les arbres les plus féconds.

Elle est, à cette heure, la gloire de l'agriculture.

Dans les arts, par Colzette, Froment et Graindorge, vous savez quel rang elle occupe.

Quant au révolutionnaire Amédée, il est aujourd'hui l'espoir de l'avenir en France et hors de France.

. . . .

. . . .

. . . .

. . . .

. . . .

. . . .

La parole est ici rendue à l'auteur des *Mémoires*. Son manuscrit était resté inachevé, mais sur un calepin on vit qu'au jour même de sa mort, il avait écrit ces quelques lignes, en vue sans doute d'une conclusion.

Instinct, raison, qui me préoccupez, vous avez été successivement, et parfois tous les deux ensemble, le fonds de ma vie....., vie si calme, mais pourtant si remplie de travaux, d'événements, de réflexions et d'études..... L'heure ne peut être éloignée, je le sens, où tout cela doit prendre fin, si ce mot *fin* peut s'appliquer à quelque chose dans cet univers infini.....

L'instinct, ici, laisse un peu d'espérance. La science se tait ; elle ne nie, ni n'affirme ; c'est pour elle *l'inaccessible*, et elle dit : Restons-en là.

Mais.....

. . . .

. . . .

. . . .

. . . .

. . . .

. . . .

FIN

TABLE DES MATIÈRES

QUATRIÈME PARTIE

Paris.— Imp. LAROUSSE, 13-17, rue Montparnasse. (T.-L. 5-1-23).

BIBLIOTHÈQUE LAROUSSE

Chefs-d'œuvre des grands écrivains

XVIᵉ SIÈCLE

XVIIᵉ SIÈCLE

XVIIIᵉ SIÈCLE

BIBLIOTHÈQUE LAROUSSE

(suite)

XIXᵉ SIÈCLE

ANTHOLOGIES

BIBLIOTHÈQUE LAROUSSE

(suite)